중복 보상

중복 보상

민교 장편소설

엘릭시르

이 작품은 허구에 기반하고 있으며
실제 인물, 장소, 단체, 사건과 무관합니다.

차례

변사 ········· 9
유령 ········· 55
쪽 ········· 85
모 ········· 139
거머리 ········· 167
부 ········· 199
봉안 ········· 233
보험 ········· 261

작가의 말 ········· 313
추천사 ········· 318

변사

1

푸르죽죽한 혀가 턱부리까지 축 늘어진 중년 여성의 검붉은 얼굴.

입가에는 하얀 거품이 흘러내린 흔적이 있고 목에는 심하게 반항했으리라 짐작하게 하는 날카로운 교흔*이 이리저리 그어져 있었다. 부패로 인해 몸속에서 차오른 가스가 안구를 더욱 돌출시켰고 확장된 동공은 생명력을 잃은 채 사진을 찍은 사람 너머 허공 어딘가에 머물러 있었다.

딸깍, 누군가 리모컨을 누르자 벽면 스크린에 떠 있던 부녀

---

* 끈 등으로 졸린 흔적.

자의 변사체 사진이 지나갔다.

이번엔 전체적인 맥락을 파악할 수 있는 풀숏. 경찰통제선이 나무와 나무 사이에 삐뚤빼뚤하게 쳐졌고 그 안의 응달진 그루터기 옆에 여자가 누워 있다. 엄밀히 말하자면 이틀간 계속된 한여름의 폭우에 휩쓸려 몇 바퀴쯤 굴러내려온 것처럼 방치되어 있다. 배경을 보면 높은 지대라, 경사가 상당히 가파른 곳이라는 짐작이 가능하다. 흔히 볼 수 있는 브랜드 등산복과 창백한 얼굴 위로 진흙이 저승꽃처럼 덕지덕지 붙어 있다.

"이름 강선자. 나이는 68세. 청소 일용직. 닷새 전 새벽 청계산에서 등산객에 의해 발견되었고, 경찰에서 추정한 사망시각은 일주일 전 새벽 3시에서 5시 사이입니다."

젊은 남자의 또렷한 목소리가 건조한 공기를 갈랐다.

"잠깐만, 저 아줌마 얼마짜리라고?"

산자락에서 뒹굴어 부패한 변사체가 담긴 사진을 가리키며 할 만한 말은 아니었는데, 어두운 회의실 구석에서 튀어나온 부조리한 질문에도 젊은 남자는 재빨리 대답했다.

"저희 보험사에 가입된 일반사망보험금만 따지면 7억 정도입니다."

"다른 회사랑 다 합치면?"

"17억 정도로 예상됩니다."

"수익자*는?"

"남편인 최길중입니다."

"보험금은 언제 청구했어?"

서늘하고 묵직한 목소리는 젊은 남자의 실수를 하나라도 찾아내려는 것처럼 굴었다.

"부검 끝나고 바로 시체검안서를 발부받아서 지점으로 찾아왔다고 합니다."

"햐, 돈에 환장한 놈이네. 마누라가 죽자마자 보험금을 청구해? 남편놈은 뭐 하는데?"

"과거에는 직원 열 명 정도의 도금공장을 운영했었지만 현재는 무직입니다."

"불 켜봐."

깜깜한 회의실에 불이 켜지자 깔끔한 슈트 차림의 직원 여럿이 눈살을 찌푸렸다. 앞에 나가 브리핑하고 있던 오기준 사원이 미간을 짚었다. 모두가 밝아진 실내에 채 적응하기도 전에 나이 든 파트장이 냉소적인 목소리로 거듭 물었다.

"그래서 결론은?"

"5년 동안 이렇다 할 수입이 없었지만 높은 수준의 보험료를

---

* 보험금을 받는 사람.

감당해왔다는 점, 여러 생명보험사의 정기보험*에 주로 가입한 점, 근접사고**라는 점, 강선자의 팔과 다리에 멍자국이 있다는 점으로 미루어보아 사고사가 아닐 것으로 추정됩니다."

"추정, 추정······."

실팍한 풍채의 파트장이 무슨 생각이 들었는지 낮은 목소리로 중얼거렸다. 회의실 안의 직원들은 침을 꼴깍 삼키며 그의 입을 주시했다. 이윽고 파트장이 옆에 앉은 1팀장에게 슬쩍 운을 뗐다.

"1팀장, 이거 확실하게 면책받아야 하지 않겠어? 17억이 애 이름도 아니고 말이야. 그래도 강남에 소형 아파트 한 채 살 수 있는 값인데."

면책. 책임을 면함.

'피보험자에게 보험사고(사망)가 발생하였으나 보험회사에서 그에 따른 책임을 지지 않음'을 뜻하는 용어다. 쉽게 말해 보험사는 책임이 없으니 가입자에게 보험금을 줄 이유가 없다는 의미다.

"그······."

1팀장은 옴쏙하게 들어간 볼을 움직이며 잠시 주저했다.

---

* 종신보험이 평생을 보장해주는 것과 달리 정기보험은 정해진 기간만을 보장해준다.
** 가입한 지 얼마 지나지 않아 일어난 보험사고.

"그래서 말인데요, 파트장님. 이 케이스를 안채광 실장에게 맡겨보면 어떨까요?"

"안 실장 병가 아녔어?"

"내일이면 돌아옵니다."

"채광? 채광……"

독백인 듯 대사인 듯, 파트장의 탐탁지 않은 혼잣말이 이어지자 눈칫밥으로 지금 자리에 올랐다고 해도 과언이 아닌 1팀장이 그 깊은 의중을 재빠르게 파악하고는 흐려지는 말꼬리를 놓치지 않았다.

"예, 채광이요. 이러나저러나 실력은 업계 톱 아닙니까."

"회복됐대?"

"어제 통화했는데 목소리 좋더라고요."

"그래?"

"예, 채광이가 변사 사건에서는 유독 강하잖습니까. 한 번도 면책 못 받은 적이 없고요."

"아이고, 1팀장이 이렇게 추천하는데 안채광한테 안 맡기면 내가 무능력한 상사처럼 보이겠어. 그지?"

파트장이 만일의 사태를 대비해 책임에서 한 발 빼기 위해 말하자 1팀장은 그저 뱅싯 웃으며 주억거렸다. 어차피 이 경직된 조직에서 그에게는 다른 선택권이 없다.

"좋아, 뜻대로 해. 이 건은 경찰이 수사하는 이상 형사재판으로 끝내야 해. 그래야 만에 하나 민사소송에 걸려도 우리 회사가 압도적으로 유리하니까. 최대한 경찰 수사에 협조해주고 증거 많이 모아주라고 해. 오케이? 자, 해산."

파트장은 필요한 말은 다 했다는 듯이 자리에서 일어났다.

오기준 사원은 보무당당하게 걸어나가는 파트장과 등을 구부린 채 붙따르는 1팀장의 뒷모습을 보며 괜스레 앞일이 불안해졌다.

2

KS생명보험 본사는 광화문광장의 고층빌딩들 사이에 있고, 그 건물 17층에 SIU파트가 있다. SIU는 'Special Investigation Unit'의 약자로, **특별보험조사팀** 분석관들이 근무하는 부서다.

보통 보험청구가 들어오면 일차적으로 보상팀에서 처리하나, 금액이 크거나 의심스러운 사건은 손해사정사에게로 넘어간다. 그리고 개중 보험금이 특별히 크거나 특별히 의심스러운 사건들은 이곳에 모여든다.

SIU는 파트장 밑으로 크게 두 팀으로 구성되어 있다. 신체사고를 조사하는 1팀과 차량사고를 담당하는 2팀. 두 팀 사이에는 묘하게 경쟁이 붙곤 하는데, 특히 성과급이 결정되는 시즌이 오면 유독 실적 싸움이 빈번했다.

회의 후 줄곧 근심어린 시선으로 광화문광장의 잡답을 굽어보던 1팀장이 불현듯 오기준 분석관을 자기 자리로 호출했다.

"오 사원, 2팀에서 넘어온 지 얼마나 됐지?"

"4개월 2주 됐습니다."

"허, 참…… 정확해서 좋네."

"그리고 이틀입니다."

"……그, 그래."

4개월 2주 그리고 이틀이 지났지만 아직도 기준의 똑 부러지는 캐릭터에 적응하지 못한 팀장이 가느스름한 눈을 찡그렸다. 그의 눈 밑으로 그림자가 한층 짙어졌.

"하실 말씀 있으십니까?"

"이번 케이스, 자네가 PT한 것처럼 로직*이 단순하지 않을 거야. 차끼리 부딪혀서 몇 대 몇 결정하는 교통사고랑은 다르니까."

---

* 보험사기의 '과정'을 일컫는 업계 용어.

"그래도 제가 맡아서 해결해보고 싶습니다."

"그래, 오 사원이 맡을 거야. 누가 그러지 말래? 그런데 파트장님이 좀 불안하신가봐."

"제 연차가 낮아서요?"

"아니, 안채광 실장 때문에 불안하신가봐. 그래서 말이야."

1팀장은 굼뜨게 말을 이어갔다.

"자네가 현장에 좀 같이 가줬으면 좋겠는데."

"……분석관이 현장에 조사실장이랑 같이 다니는 경우가 있습니까?"

광화문 본사에서 컴퓨터만 붙잡고 싸우는 분석관과 현장에서 두 다리로 돌아다니며 조사하는 실장은 업무상 얼굴을 맞댈 일이 없다. 본디 두 유형은 태생부터 달랐다. 학벌과 스펙을 따져서 공채 정규직으로 뽑는 분석관과 달리 조사실장들은 전직 강력계 형사거나, 국세청 직원, 때로는 검찰 수사관으로 구성된 경력직이었다.

"물론 없지. 암, 그렇고말고. 그렇지만 모든 일에는 예외조항이 있잖아? 안 실장 따라다니면서 현장을 보면 분석하는 데도 엄청나게 도움이 될 거야. 거기다가 오 사원처럼 꼼꼼한 친구가 같이 다닌다면 우리도 안심이고."

"예…… 안채광 실장은 어떤 사람입니까?"

"걱정 마. 소문만큼 또라이는 아냐."

1팀장이 의미심장한 태도로 기준의 어깨를 툭툭 두드렸다.

3

 다음날 아침, 기준은 안채광 조사실장이 근무하는 서초동 사옥으로 출근했지만 그를 만나지 못했다. 신체사고팀 동료들에게 물었지만 알고도 모르쇠로 잡아떼는 것인지 그의 행방을 명쾌하게 말해주는 이가 없었다. 원래 외근이 잦은 조사실장이라는 보직 특성상 정확한 위치를 모르는 것이 당연하기도 했지만, 기묘하게 모두들 채광에 대해 언급하는 것을 꺼린다는 인상이 들어 왜인지 앞으로 이 협력관계가 쉽지 않을 것이란 예감이 들었다.

 기준은 내부연락망에 있는 채광의 연락처로 전화를 걸었다. 소문만큼 또라이는 아니라던 조사실장은 예상대로 전화를 받지 않았다. 공허한 연결음만 약 올리듯이 울려대다가 통화대기로 넘어가길 두어 번. 돌연 문자가 하나 날아왔다.

황금찜질방으로.

기준은 그리하여 찜질방 앞으로 찾아갔다. 문자가 너무도 불친절한 탓에 찜질방 앞에서 기다리면 나온다는 것인지, 혹은 그 안으로 들어와서 자기를 찾으라는 것인지 분간할 수 없었다. 답장으로 되물어볼까 고민했지만 기준은 이 첫 기싸움에서 끌려가고 싶지 않았다.

하지만 황금찜질방 로비 앞에서 30분 정도는 두고 보자는 심정으로 뻗대다가, 결국 자기 분에 못 이겨 안으로 들어갔다. 깨끗이 목욕재계하고 출근한지라 굳이 쓰지 않아도 될 아까운 입장료 만 원을 내고서.

기준은 휴대전화로 회사 인트라넷에 올라온 증명사진을 범인의 몽타주처럼 여기며 안내데스크를 지나 남자탈의실을 뒤지며 채광을 찾았다.

그런데 한 바퀴를 다 돌아도 사진과 비슷한 사람이 없었다. 결국 그는 옷을 갈아입고 남자목욕탕까지 들어갔다. 채광을 기필코 찾아내고야 말겠다는 오기는 열기 가득한 사우나 문을 하나씩 열어젖히는 동안 점차 노기로 바뀌어갔다.

기준은 수증기로 시뻘겋게 달아오른 얼굴을 수차례 들이밀던 끝에, 마지막 문인 편백방에서 드디어 채광을 마주했다. 그는 흰 수건으로 아랫도리를 대충 가린 채 기준의 속도 모르고 태평하게 졸고 있었다. 쑥대머리에 덥수룩한 수염, 그리고 불콰한 기운을 띠고 있는 뻘건 목. 누가 보더라도 밤새 술자리에서 달린 몰골이다.

"안채광 조사실장님?"

기준은 분노를 최대한 입가로 꾹꾹 눌러 담으며 물었다. 아무리 개차반처럼 보이는 인상이라도 자신보다 족히 스무 살은 많은 채광에 대한 예우였다. 쑥대머리가 게슴츠레 눈을 떴다.

"누구……?"

"본사 SIU팀에서 온 오기준 분석관입니다. 지금 여기서 뭐 하십니까?"

"아! 용케도 날 찾았군요. 헤헤."

쑥대머리가 입을 벌릴 때마다 지독한 술냄새가 사우나 안에 퍼졌다.

"몇 번이나 전화했습니다."

"폰은 사물함에 있죠."

"그만 마무리하고 나오시죠."

"오세요 분석관, 온 김에 그쪽도 등을 지지고 같이 나가요. 아이고, 술이 안 깨네."

"지금은 업무시간입니다. 그리고 제 이름은 오세요가 아니라, 오기준입니다."

기준은 사우나를 나가며 문을 일부러 뒷손질로 세게 쾅 닫았다. 채광은 놀라기는커녕 귀여운 조카의 당돌함을 바라보는 삼촌처럼 샐샐거렸다.

"그 친구 깐깐하네."

4

곧장 나올 것이라 기대하지는 않았지마는 1시간 하고도 25분이란 시간이 흐르고 나서야 채광이 로비에 모습을 보였다. 그런데 같은 사람이 맞을까 싶을 정도로 달라져 있었다. 까치집이 사라진 머리는 멀끔하게 포마드를 발라 넘겼으며, 옷이 날개라고 찜질방 로고가 프린트된 수건으로 몸을 가렸을 때와는 달리 썩 맵시가 났다. 하지만 지난밤부터 쌓여왔을 술기운은 숨기지 못한 듯 낯빛은 여전히 푸석푸석했다.

채광은 휴대전화로 어딘가에 전화를 걸며 차에 올라탔다.

"어디로 갑니까?"

기준의 물음에도 그는 대답하지 않고 휴대전화만 내려봤다.

'00700'으로 시작하는 서비스번호를 보아하니 국제전화다. 이어 '61'로 시작하는 국가번호.

"거참……"

그는 관자놀이를 멋쩍다는 듯 긁더니 영상통화 버튼을 눌렀다. 연락처에 저장된 이름은 '최 여사'.

기준은 스리슬쩍 채광의 옷을 살폈다. 페라가모 구두, 지방시 정장, 톰 포드 와이셔츠, 크리스찬 디올 서류가방, 롤렉스 시계. 그가 걸친 옷만 하더라도 경차 두어 대 값은 가뿐히 넘는다. 하긴 그럴 만도 한 것이 채광은 KS생명보험사에서 최고액 연봉을 받는 SIU 조사실장이었다. 신체사고 중에서 사망보험금 관련된 사건에서는 특히 독보적이었고, 작년 한 해에 혼자서 KS생명에 아껴준 보험금만 해도 50억이 넘었다고 한다.

기준은 자동차 핸들을 검지로 두드리며 지루한 기색을 굳이 감추지 않았다. 채광은 한참 동안 이어지던 통화 시도가 마침내 실패하고 나서야 기준을 돌아봤다.

"출발 안 하고 뭐 해요?"

"어디로 가는지 알아야죠."

"고인은 어디에 있습니까?"

"오늘 오전에 시립화장터에서 시신을 화장한다고 합니다."

"그럼 거기네요. 화장터 가는 길까지 알려줄 필요는 없죠?"

"직접 운전하시겠습니까?"

기준이 묻자 채광은 서류가방에서 스테인리스 힙플라스크를 꺼내 흔들며 뻔뻔스레 말했다.

"내가 면허정지라. 헤헤."

힙플라스크의 뚜껑을 열자 기준의 예상에서 한 치도 벗어나지 않고 술냄새가 퍼졌다. 기준은 독주가 풍기는 오크향만으로도 이미 취할 지경이었는데, 채광은 그 안의 위스키가 생명수인 양 홀짝 마셨다.

5

기준은 운전하는 동안 간략하게 강선자 변사 사건에 대해 브리핑을 했고, 채광은 위스키를 홀짝이면서 건성건성 듣는 중에도 가끔 예리한 눈빛으로 질문했다.

"수익자인 남편은 못 만나봤죠?"

"ICIS*에 등록되었던 마지막 주소지는 서초구의 한 빌라인

---

* Insurance Credit Information System, 보험신용정보 통합정보시스템.

데 거기 안 산 지 몇 년 된 것 같습니다."

"남편은 화장터에 있어요. 그래서 거기로 가자는 거죠."

"글쎄요."

"설마, 우리 오 분석관."

채광은 놀리기 좋은 빌미를 잡았다는 듯이 이죽거렸다.

"이런 신체 사기는 처음인가봐요?"

"……예?"

"범죄의 냄새가 나는 변사체는 웬만하면 부검하죠. 경찰이 검사에게 보고하고, 검사가 판사에게 영장을 청구하고, 판사에서 다시 의사까지 피드백이 돌아오는 지난한 과정을 거치다보면 보통 3일 후에 부검을 시작하는데, 오늘이 며칠째죠?"

"발견 시각에서 6일하고 5시간 지났습니다."

"그럼 부검이 끝났겠네요."

"그런데요?"

"부검 끝나고 병원 안치실에 있어야 할 시신이 화장터에 가 있다는 건, 유족 중에 누군가 나타나 시신을 인계해서 장례를 치르고 있다는 거겠죠? 그럼 그 사람이 남편이 아니면 누구겠어요. 나우 유 언더스탠드?"

"……"

범 무서운 줄 모르는 하룻강아지에게 확실한 기선제압을 했다고 믿었는지 채광은 의기양양하게 위스키를 마시며 기준을 흘겨봤다. 기준은 반박하고 싶었지만, 그가 신체사고에 대해 알고 있는 상식이 너무 부족했다.

"에이, 오기준 분석관, 그렇다고 너무 쫄 거 없어요. 이런 유형의 보험사기는 세 가지 원칙 안에 들어옵니다. 첫째."

채광은 차오른 자신감만큼이나 곧은 엄지를 허공에 높이 찔렀다.

"근접사고이기 때문에 강선자가 자살을 했다면 보험금을 지급할 의무가 없다. 둘째, 수익자인 남편이 보험금을 노리고 아내를 살해한 경우 역시 우리 KS생명보험사는 보험금을 지급할 의무가 없다. 그리고 셋째."

채광이 중지를 펼치다 말고 멈췄다. 그리고 혹시 답을 알겠느냐고 묻는 것처럼 기준을 슥 쳐다봤다.

"강의 계속 진행하시죠."

"셋째, 절차상의 문제로 인해 애초에 보험계약이 무효인 경우. 이 세 가지 안에 답이 항상 있는 거거든요. 따라 해봐요. **자살, 살인, 무효.**"

"……자살, 살인, 무효."

기준이 마지못해 따라 했다.

"앞으로 오기준 분석관은 나와 함께 보험조사의 선진 기법을 활용해서 이 세 단계를 뛰어넘으면 되는 겁니다."

"예…… 근데 업무시간에 그렇게 술을 마시는 것도 보험조사의 선진 기법인 겁니까?"

"이거? 나한테는 더블샷 아메리카노 같은 겁니다. 도리어 잠을 깨워주죠, 헤헤."

그렇게 말하며 채광이 한 모금 권하듯이 술병을 들이밀었지만, 기준은 단칼에 외면하며 고개를 돌렸다. 채광은 손을 달달 떨며 개의치 않다는 듯 계속 마셨다. 그사이에 농도가 짙어진 차 안의 알코올포화도를 보여주기라도 하는 것처럼 그의 얼굴은 더욱더 붉어졌다. 혀도 조금씩 술에 절여지며 꼬여갔고, 입냄새는 말할 것도 없었다.

"명심하요, 우린 경찰이 아님다…… 으리는 KS생명으 이익을 위해 일하야지요……"

마지막으로 덧붙이더니 채광의 눈이 지그시 감겼다. 잠시 후 기준은 그의 우레와 같은 코골이를 들으며 1시간을 운전해야 했다.

6

안녕히 가십시오.

 전광판에 적힌 문구가 서울을 벗어났다는 사실을 알려주었다. 강변북로를 달리던 승용차는 내비게이션의 안내에 따라 자유로에 올라탔다. 서울시에서 운영하는 화장터는 알고 보니 경기도 고양시에 있었다.
 좁은 일차선 도로의 굽어지는 언덕길을 따라가자 산자락에 위치한 화장터 입구가 보였다. 좌측에는 지붕이 돔으로 된 봉안당으로 가는 길이 있었지만 기준은 우측으로 난 길로 올라갔다. 유족주차장을 지나자 이른 아침부터 근방 장례식장에서 온 대형버스와 운구차가 너른 주차장에 빼곡했다. 그 뒤가 화장터였다.
 아무리 소각할 때 나오는 연기를 정화하는 설비가 돌아가고 있다지만, 화장터 특유의 매캐한 탄내가 공기 중에 퍼져 있어 왠지 들숨에 가슴속으로 재가 들어오는 기분이었다.
 기준은 주차장에 차를 세우며 채광을 돌아봤다. 그는 취기에 녹아들어 세상모르고 자고 있었다. 잠시 손을 번쩍 들어 그의 뺨을 내리치는 상상을 해봤지만, 현실에서는 아주 신사적으로 채광의 어깨를 두드렸다.

"실장님, 도착했습니다. 휴, 일어나시죠."

하지만 채광은 냠냠, 옹졸하게 뭔가를 씹는 듯한 잠꼬대만 할 뿐 깨어날 기미가 없었다. 정말 뺨을 내리쳐야 하나. 기준은 채광의 죽지를 잡고 거칠게 흔들었다.

"헉!"

눈을 번쩍 뜬 채광이 소매로 침을 닦더니 시계를 봤다.

"정확히 예상한 시간에 도착했군요. 잘했어요, 오 분석관. 아주 칼같은 성격이라 나와 합이 좋아요."

채광은 조수석에서 내리자마자 가방에서 무언가를 뒤지기 시작했다. 기준은 또 술일 거라고 예상했지만 의외로 구강청결제였다. 입을 가볍게 헹구고 그대로 삼킨 채광은 모든 취기를 다 날려버린 것처럼 씩씩하게 화장터로 걸어갔다. 물론 몇 걸음 못 가 다리가 휘청거리고 상체가 비틀거렸지만, 신기하게도 넘어질 듯 넘어지지 않았다.

기준은 대기실에 설치된 모니터를 올려다봤다. 무미건조한 글씨체로 화장로 번호, 고인의 이름, 유족 대표, 화장 진행상태를 수시로 알리는 현황판이다. 빠르게 강선자의 이름을 찾았지만 화장현황판에는 아직 뜨지 않은 것 같았다.

상복과 검은 정장을 입은 유족들이 코를 훌쩍이는 소리가 간간이 들렸고, 화장로를 지켜볼 수 있는 관망실에서 새어나오는 곡소리가 넘실대는 파도처럼 밀려왔다.

이제 갓 서른이 되어 사회생활을 시작한 기준에게는 익숙하지 않은 공간이라 절로 엄숙해졌다. 하지만 채광은 이 모든 비애에 통달한 사람처럼 무심하게 걸어들어갔다.

그때 몸집이 작고 배가 도도록하게 나온 푸근한 인상의 남자가 그에게 다가와 알은체했다.

"안 실장님, 어쩐 일이세요?"

"어? 곽 대표님. 반가워요……"

반색하던 채광의 표정이 곧 어두워졌다.

"혹시 인수받은 고인 중에 강선자 씨가 있나요?"

"지금 4번 화장로 앞에서 유족이 기다리고 계세요. 남편분 찾아오신 거 맞죠?"

"뭐, 그렇게 됐습니다. 자세한 얘긴 담에 술 한잔하시면서, 헤헤."

채광은 머쓱하게 뒷머리를 긁고 묵례한 뒤 바쁘게 화장로로 향했다.

긴 복도에 자리한 열댓 개의 화장로 위에 각각의 번호가 나열되어 있고 그 아래 공중전화 박스만한 공간이 있다. 고인의 시신이 화구로 들어가는 마지막 모습을 유족이 지켜볼 수 있는 관망실이다.

네번째 화장로 앞의 차가운 대리석 바닥에 강선자의 남편이 철퍼덕 주저앉아 있었다. 분명히 육십대라고 알고 있는데, 숱이 없는 하얀 머리와 유행이 한참 지난 검정에 가까운 감색 양복 때문인지 일흔을 한껏 넘긴 노인처럼 보였다. 시종일관 느물대던 채광도 그 처량한 모습을 보고는 선뜻 다가가지 못하고 머뭇거렸다.

"남편이 정말 있네요?"

기준이 자조 섞인 말투로 물었다.

"글쎄요, 저기 있는 남편이 정말 있는 거라고 해야 할지."

"남편이 아니라는 말인가요?"

"아뇨, 맞아요. 청계산에서 변사체로 발견된 강선자의 남편, 최길중."

채광의 선문답 같은 얘기가 장난처럼 느껴진 기준은 굳이 대답하지 않았다.

"방금 인사했던 곰돌이 푸우처럼 생긴 대표 있죠? 사랑나눔의 곽 대표예요. 사랑나눔은 무연고자들 장례를 대신 치러주는 비영리단체고요."

"남편이 저기 버젓이 있으면, 아내는 무연고자가 아니지 않습니까."

"남편이 아내의 시신 인수를 거부한 겁니다."

"예?"

의아함에 기준의 목소리가 커졌다.

"왜요?"

"돈이죠. 머니."

채광이 씁쓸하게 덧붙였다.

"장례비 백만 원이 없어서 유족이 시신을 거부하는 경우가 종종 있어요. 그러면 곽 대표 같은 사람들이 나서서 대신 장례를 치러주는 거죠."

"그럼 장례식은 어떻게?"

"오기준 분석관은 순진한 구석이 있네요. 장례식이 어디 있어요. 강선자의 시신은 안치실에서 화장장으로 바로 이동하는 무빈소 직장直葬을 한 겁니다."

"……"

분명히 방금 전과 같은 뒷모습인데, 최길중의 등이 더 굽은 듯 보이는 것은 기분 탓일까.

"화장 시작되고 나서 2층 유족대기실에 올라가면 그때 말 걸어보죠. 그것보다 서류상으로는 아들이 한 명 있던데 안 보이네요?"

"최창기는 소재지 불명이야."

중성적이고 무거운 목소리가 뒤에서 무심히 대답했다. 기준이 돌아보니 사십대 중반으로 보이는 짧은 단발머리의 여자가 서 있었다. 해말끔하게 곱상한 얼굴에, 밀알진 이목구비와는 대비되는 허름한 남방에 무채색 티셔츠, 검은색 청바지에 감색 운동화. 옷 배합이 대리석 바닥의 색깔 팔레트와 일치하기 때문인지 전체적으로 차갑고 딱딱한 기운이 돌았다. 그녀는 채광과는 안면이 있는지 싱겁게 씩 웃었다.

"확인 결과 최창기는 생활반응이 없어. 휴대전화도 없고 병원기록도 4년째 없어, 형님."

여자는 익숙한 듯이 채광에게 '형님'이라는 호칭을 썼다. 채광 역시 그 호칭이 귀에 익은 듯 살갑게 대꾸했다.

"나 올 줄 알고 팀장이 직접 알현 나왔구나? 좋다, 옛날처럼 브리핑해봐."

"형님, 정식으로 정보공개청구부터 해."

"그건 제가 이미 했습니다."

기준이 끼어들자 여자가 의아해했다.

"누구? 아, 형님 부사수?"

"절대 아니고요. 전 본사에서 근무하는 분석관입니다."

기준이 선을 긋듯이 딱딱하게 말하며 그녀와 명함을 주고받았다. 예상대로 여자가 건넨 명함에는 '청계경찰서 강력2팀 김미영 팀장'이라고 적혀 있다.

"분석관과 조사실장의 관계는 어떻게 되는 거예요?"

"장교와 부사관이라고 생각하시면 됩니다."

"아…… 제가 여군 출신이 아니라. 뭐, 어색한 사이라는 뜻이겠죠?"

"하여튼 오 분석관, 선 긋기는."

채광은 기준에게 핀잔주듯 말하며 미영의 옆구리를 툭 쳤다.

"그러지 말고, 어차피 받아보게 될 거 미리 힌트만 좀 줘."

"교살이야. 강선자의 목을 끈으로 졸랐어."

"그럼 사인은 질식사일 테고. 부검의는 누구야?"

"S대 최 교수."

"에헤이, 이거 난항이네."

채광이 혀를 끌끌 찼다.

"그럼 또 애매한 소견을 내놓겠네?"

"변사자는 타살되었을 것으로 추정하는 것이 합리적이나, 자살의 가능성을 배제할 수 없으니 추가 수사를 통하여 이를 반드시 확인하여야 할 것임."

미영이 익숙한 듯이 부검감정서에 적힌 문장을 토씨 하나도 틀리지 않고 외워 말했다.

"뭐로 목을 졸랐어?"

"몰라. 그게 없어졌어. 장마에 유실된 건지, 누군가 가져간 건지."

"흠, 저 사람은 아내가 사망한 시점에 뭘 했대?"

채광이 여전히 차가운 바닥에 주저앉아서 하염없이 화장로를 바라보는 최길중을 의심스럽게 보며 물었다.

때마침 뜨겁게 예열되어 있는 화장로 안으로 강선자의 시신을 담은 관이 들어간 뒤 화구가 닫혔다. 이제 그의 아내는 섭씨 천 도가 넘는 화염에 휩싸여 2시간을 보낸 뒤, 하얀 뼈만 남게 될 것이다. 냉각을 거치고 곱게 갈려 뼛가루가 된 후에야 유골함에 담겨 유족의 품으로 돌아간다. 살아생전 46킬로그램이었던 그녀의 몸이, 3킬로그램이 채 되지 않는 유골이 되어서.

최길중은 땅이 꺼질 듯 깊은 탄식을 내뱉으며 어깨를 부르르 떨었다.

"그게 이상해. 술 먹고 잠들어서 기억이 없다는 거야. 처음 파출소 순경이 찾아갔을 때 만취 상태여서 진술도 제대로 못 받았대."

"주변 인물 가운데 다른 용의자는 없어?"

"형님, 우리 팀에서 일주일 동안 강선자를 조사했어. 그런데 통화목록에 뭐가 나왔는 줄 알아?"

채광은 고개를 도리질했다.

"없어. 죽은 강선자의 통화내역에는 오로지 남편밖에 없어. 그리고 좀 거슬러 올라가면 유선 번호 하나 정도."

"그건 어딘데?"

"전화해보니까 지금은 없는 번호야. 아무튼 자세한 건 우리 측 자료 넘어가면 그때 읽어보고 연락해."

미영이 가볍게 인사하더니 복도를 걸어나갔다.

7

관망실 복도에 하릴없이 주저앉아 있는 노인을 마냥 기다릴 수 없는 노릇이라, 채광과 기준은 매점에서 간단히 요기라도 하고 오기로 했다. 1시간 정도가 흐른 뒤 2층에 있는 유족대기실로 올라가자 최길중이 여전히 벤치에 앉아 멍멍히 아내의 유골함을 기다리고 있었다. 채광은 옷매무새를 정돈하고 마음의 준비를 마친 후 최길중에게 찬찬히 다가갔다.

"선생님, 삼가 고인의 명복을 빕니다. 저는 KS생명보험사의 안채광 실장입니다."

명함을 건네는 그의 손이 민망할 정도로 최길중은 채광의 얼굴만 빤히 올려다보고 있었다. 기준은 브리핑용 사진 속에서 보았던 안광이 사라진 강선자의 동공과 흡사한, 생명력이 없는 그의 눈을 보고는 일순간 섬뜩함을 느꼈다. 탁한 눈빛 너머에 깊은 우물이라도 있는 듯 도저히 이 노인이 무슨 생각을 하는지, 그 깊이를 알 수 없었다.

최길중이 방어적으로 조용히 입을 뗐다.

"전 보험금에 관심 없는 사람입니다."

거짓말, 기준은 생각했다. 아내의 부검을 마치자마자 최길중은 기다렸다는 듯이 발급받은 시체검안서를 들고 지점에 나타나 사망보험금을 청구했다. 이후 보상팀에서 몇 차례 전화를 했지만 갑자기 연락이 두절되었고 이제야 화장터에서 만난 것이다.

"알죠. 하지만 보험금을 청구하셨으니, 저희는 보험법상 사실관계를 파악하는 일을 맡고 있습니다. 저희에게 대리인 자격을 위임해주시겠습니까?"

"살인범을 잡는 데 도움이 됩니까?"

"아, 살인 여부는 경찰에서 판단할 거고요. 저희는 보험사 직원이라 보험 관련된 정보만 확인하는 차원입니다."

"제 아내는 자살하지 않았습니다."

단 몇 마디 말을 나눠본 것뿐이지만, 최길중은 본인 말만 하는 경향이 있고 태도도 상당히 고루하고 답답했다. 하지만 채광은 그의 심기를 건드리지 않기 위해 낯빛 하나 변하는 기색 없이 의연한 태도로 대화를 풀어나갔다.

"물론입죠. 지금 많이 힘드실 텐데 여기 위임장에 사인만 해주시면 나머지는 저희가 처리하겠습니다."

채광이 서류가방에서 인쇄된 종이를 꺼내 클립보드에 끼웠다. 안주머니에서 고급 만년필을 꺼낸 뒤에 최길중에게 서류와 함께 슬며시 내밀자 이 의뭉스러워 보이는 노인은 마지못해 종이를 받았다. 그는 위임인란에 정자로 '최' '길' '중'을 한 자씩 쓰더니 서명한 후에 돌려주었다.

대리인 위임장을 받은 채광은 마치 임금 앞에서 신하가 물러나듯이 조심스럽게 두세 보 뒷걸음질하더니 돌아서 유족대기실을 나왔다.

8

"시반*이 허벅지와 종아리 뒤편에 형성된 것으로 보아 누운 채로 죽음을 맞이한 걸로 보입니다."

S대 법의학과 최 교수가 두꺼운 안경테를 콧등 위로 치켜올리더니 모니터를 보면서 말했다. 화면에는 기준이 보험사에서 브리핑할 때 사용한 것보다 더 크고 선명한 강선자의 얼굴 사진이 떠 있었다. 확장된 동공이 더 명확하게 보였고 결막에는 작고 빨간 점 여러 개가 박힌 것처럼 보이는 점상 출혈이 눈에 띄었다.

부검감정서는 보통 한 달 뒤에 나오기 때문에 촌각을 다투는 사건의 경우 부검의를 찾아가서 직접 물어보는 경우가 많다. 그리하여 채광은 S대 법의학과 최 교수를 만나러 한걸음에 달려온 것이다.

"허벅지, 종아리, 어깨랑 하박**에 멍자국 보이시죠? 저건 산에서 굴러서 생긴 게 아닙니다. 사망 전 각각 다른 시기에 맞아서 생긴 구타흔들이에요."

---

* 사람이 죽은 후 혈액이 중력 방향으로 고여서 피부에 생기는 반점.
** 팔꿈치부터 손목까지의 부분.

감정을 배제한 듯 건조한 말투로 최 교수가 사진을 넘기며 말했다.

"그리고 강선자 씨는 유방암 말기 환자였어요."

"어느 정도로 심각했습니까?"

"폐까지 전이돼 숨 쉬는 것도 고통스러웠을 거예요. 길어야 한두 달?"

"이게 죽음과 연관이 있습니까?"

기준이 두 전문가의 대화에 불쑥 끼어들자 지금까지 채광만 바라보며 대꾸하던 최 교수가 의아한 얼굴로 돌아봤다. 그는 답답하다는 듯이 볼펜으로 사진 속 강선자의 목에 난 교흔을 톡톡 두드렸다.

"사인은 명확한 질식사죠. 여기 목에서 아주 미세한 견섬유, 즉 실크가 발견됐어요. 스카프나 손수건 형태겠죠. 다만 사망 후 빠른 시간 안에 없앴는지 끈자국이 심하게 남지 않았어요. 조금 느슨하게 조른 걸 수도 있고요."

"실크로 졸라서 죽음에 이를 수 있습니까?"

"실크의 인장력이면 충분하죠. 기도나 혈관을 차단해서 질식사를 일으키는 건 끈에 2킬로그램 정도의 무게만 가해도 되거든요."

"교수님."

채광이 조심스럽게 말을 꺼냈다.

"삭흔*이 명확하게 목뒤를 타고 올라갔다는 건 누군가 뒤에서 졸랐을 때 나오는 자국인데, 여전히 자살의 가능성을 배제할 수 없다고 생각하시는 건지."

"누군가가 목을 뒤에서 졸랐다면 피해자는 완강하게 저항했을 거란 말이죠."

그가 사진을 넘기자 강선자의 목 측면에 붉고 거친 상처가 크게 잡힌 사진으로 바뀌었다.

"지금 보시는 이 방어흔**처럼 삭흔이 거칠고 피부가 까질 정도로요. 그런데 또 여기를 보면……"

마우스를 클릭하며 사진을 확대하자 비슷하지만 조금 더 연하고 넓은 끈자국이 보였다.

"이 상처는 흔히 스스로 목을 매달려고 시도하다가 실패하거나 주저할 때 나타나는 주저흔과 비슷해요."

"방어흔과 주저흔의 차이를 모르겠는데요."

기준이 딱딱하게 말하자 최 교수가 안경테를 올리더니 손으로 두 눈을 꾹 짚었다. 후, 내쉬는 깊은 한숨이 그의 답답함을 대변하는 듯했다.

---

* 끈 등으로 인해 생긴 손상 흔적.
** 방어하며 생긴 상처.

"타살과 자살의 흔적이 겹쳐 있다는 게 문제입니다. 심증으로는 타살이라고 믿지만, 아주 조그마한 가능성이라도 배제할 수 없는 게 법의학자죠. 정말 간혹 자교사自絞死라고 해서 본인이 스스로 줄을 목에 감고 매듭을 지어서 사망에 이른 시신을 본 적이 있습니다. 목이 꽉 졸리지 않더라도 적당한 압력이라면 30초에서 1분 정도 숨이 붙은 채로 서서히 죽음에 이르기도 합니다."

 "헤헤, 교수님. 이 친구가 처음이라……"

 채광이 넉살 좋게 웃으며 어색한 분위기를 무마하려 했지만 이미 마음이 상한 최 교수는 입술을 실쭉 올리며 흥분한 듯 말을 이었다.

 "또, 말기 암 환자면 분명 강한 진통제를 다량 썼을 거란 말이죠. 따라서 중추신경계 부작용인 졸음이나 어지럼증이 나타났을 확률이 높습니다. 그럼 기도가 약하게 눌린 상태에서 몸을 가누지 못하다가 죽는 '자세성 질식사'도 의심해볼 수 있는 거죠. 한마디로 강선자 씨를 죽음에 이르게 한 범행 도구가 확인되지 않고서는 법의학자로서 단언할 수 없다는 얘기입니다. 감정서에 그렇게 적을 수밖에 없고요. 제 판단으로 무고한 사람이 피해를 볼 수도 있는 거 아시잖습니까."

 "알죠, 전 다 알죠. 이 친구도 다 알게 될 겁니다. 그럼, 실크 스카프에서 범인의 DNA가 확인되면 끝난다는 거잖아요? 간단하네요."

"시신이 이틀 동안 엄청난 폭우 속에 산자락에 방치되었어요. 변사체는 현장에서 알 수 있는 정보가 많은데 지금 같은 경우엔 많은 양이 소실됐죠. 저도 답답합니다."

밖으로 나오자마자 눈빛이 돌변한 채광이 기준을 몰아세웠다. 지금까지 웃음을 실실 흘리며 보이던 탈권위적인 모습과는 전혀 딴판이었다.

"대한민국에서 손에 꼽히는 부검 전문가야. 앞으로 그런 잘난 척은 좀 삼가죠?"

"저희 조사보고서에 자살도 타살도 아니다, 그런 애매한 말을 넣을 순 없잖습니까?"

"오기준 분석관, 차량사고팀에서 수습 뗐다면서? 신체사고는 대충 3D 시뮬레이션 돌려보는 차량사고랑 달라. 8대2, 7대3 이렇게 똑 떨어지는 비율이 나오는 게 아니란 말이죠. 오 분석관 똑똑한 거 잘 알겠는데, 그런 뻣뻣한 태도가 독이 되겠어."

묘하게 반말과 존댓말을 섞어 쓰며 내리누르는 채광의 화법에 기준은 위축될 뻔했으나, 알코올의존증이 있는 사람 따위에게 이런 충고를 받는다는 사실에 반발감이 고개를 들었다.

"제가 뭘 뻣뻣합니까. 전 원칙과 원론을 중요시하는 것뿐입니다."

"그래? 좋아요. 그럼 오 분석관이 얘기해봐요. 강선자는 타살이에요? 자살이에요?"

"자살보다 타살에 무게가 실리지만 심증일 뿐이고, 증거를 더 모은다면 명확한 판단을 내릴 수 있습니다."

정말로 뻔한 원론을 당당하게 내뱉는 기준을 보자 채광은 전의를 상실하고 픽 웃었다. 예의 그 당돌한 조카를 보는 삼촌 같은 얼굴로.

"아휴, 그래. 그렇다 치자, 그렇다 쳐요. 아무튼 2안으로 빨리 옮겨갑시다."

"남편이 아내를 살해했을 경우요?"

"그렇죠. 상법 제659조에 따라 '보험사고가 보험계약자 또는 피보험자(보험에 가입해 보장받는 사람)나 보험수익자(보험금을 받는 사람)의 고의 또는 중대한 과실로 인하여 생긴 때에는 보험자는 보험금액을 지급할 책임이 없다.'"

흐리멍덩한 눈빛과 표정으로 일관하던 채광이 웬일로 법조항은 글자 하나 틀리지 않고 똑바로 읊었다.

"그런데 사람들이 보통 실크 스카프로 사람을 죽일 생각을 할까요? 저라면 더 굵고 탄탄한 끈을 준비할 것 같습니다만."

"강선자 씨가 원래 목에 감고 있던 것을 이용한 우발적 범행일 수도 있죠."

채광이 스테인리스 힙플라스크를 꺼내서 홀짝이더니 문득 멈칫했다.

"지금 몇 시죠?"

"……5시 48분입니다. 왜요?"

"안 되겠다. 이만 퇴근하죠."

"네? 설마……"

"헤헤, 맞아요. 내 더블샷 아메리카노가 떨어졌거든요."

채광이 익살스레 빈 술병을 뒤집어 털자 위스키 한 방울이 겨우 그의 손바닥으로 떨어졌다. 그것마저도 아깝다며 손바닥을 핥아서 먹는 그를 보자 기준은 어이가 없어졌다. 장난이라고 여겨 웃어넘기려는데, 채광이 사뭇 진심을 담아 말했다.

"아니면, 어때요. 친목 도모 겸 술 한잔하는 건?"

"전 술을 마시지 않습니다."

"업무시간 끝났다니까."

"싫습니다."

"참, 불편한 스타일이야. 좋아요, 그럼. 내일 아침 청계경찰서에서 봐요. 올 때 강선자 씨 보험계약서 복사본 갖고 오고. 바이 바이."

그러더니 채광은 정말로 뒤도 안 돌아보고 쌩하니 혼자 복도를 걸어갔다.

"……예? 안, 안 실장님! 아직 퇴근까지 12분 남았잖습니까!"

당황한 기준이 등뒤에서 소리쳤지만 채광의 옷자락은 이미 나풀거리며 계단참으로 사라진 후였다.

소문만큼 또라이는 아냐. 1팀장이 했던 말이 떠오르며 도대체 자신이 입사하기 전의 채광은 얼마나 대단했기에 저 정도 말이 나왔을까 곱씹어봤다. 저 사람은 어찌 되었건 기준이 살면서 만난 사람 중 가장 상식에서 벗어나는 인간이라는 점은 분명했고, 기준 자신과 성향이 맞지 않는다는 점은 더더욱 분명했다.

"그래서 면책일 것 같아? 부책일 것 같아?"

사무실로 복귀한 기준에게 1팀장이 피곤한 듯 눈을 비비며 물었다.

부책. 책임을 부담함.

즉, 보험사고 발생시 보험사가 수익자에게 보험금을 지급하는 것을 말한다. 보험사 입장에서는 어떻게든 피하고 싶은 결론이다.

"결론을 급히 내리긴 어렵습니다."

"자네라면 그렇게 말할 것 같았어. 아무튼 고생했어. 퇴근하도록."

"저……"

나가려던 기준이 돌아왔다.

"안채광 실장이요. 술을 많이 마시던데요. 이대로 괜찮을지 모르겠습니다."

"안 실장은 작년 하반기에 맡았던 건수 때문에 술에 좀 의존하게 됐어. 어차피 이번 일 끝나면 그만둔다고 했으니까, 오 사원이 마지막으로 잘 보필해준다고 생각해. 어쨌거나 업계 선배잖아."

"안 실장이 그만둡니까?"

"아직 공식적으로 사직서를 제출한 건 아닌데, 곧 희망퇴직을 할 건가봐. 돈도 벌 만큼 벌었으니까 이제 저도 마누라랑 새끼들이랑 시간 좀 보내고 싶다나."

1팀장이 이제 그만 물어보라는 듯이 자리에서 일어나며 기지개를 켰다. 기준은 눈치껏 팀장실을 나와 자리로 돌아갔다.

벽시계는 어느덧 8시를 가리키고 있었다.

9

 빛을 받으면 은색과 노란색으로 반짝이며 윤이 나는 머리카락을 길게 늘어뜨리고 '나 건드리지 마세요'라고 이마에 써 붙이고픈 듯 휴대전화에 코를 박은 여중생이 골반만 의자에 걸치고 앉아 있다.
 여름 근무복을 입은 순경이 아무리 볼륨을 줄이라고 해도 이 여중생은 귓등으로도 안 듣고 자기 할일인 게임에만 집중했다. 지구대가 마치 자기 집 안방인 양 벤치에 눕다시피하며 앉아 있는 꼴을 보아하니 경찰을 그다지 무서워하지 않는 것 같았다.
 뽕뽕, 띠용, 쨍그랑. 게임 효과음이 조용한 지구대를 울렸다. 순경이 도저히 참을 수 없는 지경에 이렀을 때쯤 지구대의 문이 열리며 채광이 팔을 벌리고 들어왔다.
 "수고들 많으십니다."
 지구대 안으로 약간의 술냄새와 짙은 마늘냄새가 훅 밀고 들어왔다. 채광은 들고 있던 비닐봉지를 머뭇거림 없이 곧장 데스크에 내려놓고 풀었다. 마늘냄새에 시장기를 자극하는 진한 수육냄새까지 얹어졌다.

"왜 자네가 왔어? 아이고, 뭘 또 이렇게까지 사왔대."

여중생을 보며 이를 아득바득 가는 순경 뒤에 앉아 있던 머리가 희끗한 순찰팀장이 채광을 보며 반색했다. 쩝, 입맛을 다시는 소리가 났다.

"아시잖아요. 김미영이 팀장 달고 바쁜 거."

"아! 왜 아저씨가 왔어? 이러니까 오피스 허즈번드라는 말을 들었지."

지금까지 잠자코 게임만 하던 여중생은 채광을 발견하고선 소리를 버럭 질렀다. 그러거나 말거나 채광은 여중생을 가리키며 순찰팀장에게 물었다.

"제가 유경이 데리고 나가도 되죠?"

순찰팀장은 좋을 대로 하라는 듯이 고개를 끄덕였다.

밤은 이울고 있었으나 도시는 깨어나고 있었다. 백색 가로등이 발광했고 팔차선 도로를 쌩쌩 달리는 차들은 경적을 울리며 바삐 움직였다. 유경이 보도 경계석 위로 위태롭게 걸어갔다.

"유경아, 아저씨가 하나만 묻자."

"아저씨라면 두 개 물어도 돼."

"……됐고, 왜 때렸어?"

"정당방위."

유경이 땅바닥의 돌부리를 괜히 걷어차며 말했다. 물수제비처럼 통통 튕기며 날아가던 돌멩이가 가로수에 픽, 부딪치며 멈췄다.

"학교 친구라면서 학교에서 때리지 왜 편의점 앞에서 싸워? 장외투쟁이냐?"

"누가 친구래, 미친년이, 시발, 먼저 내가 먹던 컵라면에 침 뱉잖아."

"……아무리 아저씨가 편하다지만 말에 격조는 갖추자."

"머리에 대변만 가득 찬 교우님께서 저를 무시하길 여러 차례라, 제가 참지 못해 저의 이 손바닥과 그년의 면상을 만나게 해줬습니다."

"봐봐, 품위를 갖추니까 얼마나 좋아."

"아저씨, 잔소리할 거면 가라. 집이 코앞인데 무슨 보호자가 필요하다고."

"안 돼. 위험해."

"아저씨 노안이니? 여기 가로등 환하거든."

"아니, 네가 위험해. 질풍노도의 배유경 양이 또 무슨 짓을 할지 몰라 위험하다고."

"아저씨는 참 우리 엄마 말 잘 들어. 그러지 말고 우리 엄마랑 사귀라니까."

"어허, 또 쓸데없는 소리 한다. 비록 기러기 아빠지만 나도 엄연히 아내와 아들이 있다고."

"아저씨 쇼윈도 부부라던데?"

"뭐? 누가?"

유경은 대답하지 않고 괜히 새초롬하게 걸었다.

"종환이랑은 연락해?"

"아저씨 아들 안부를 왜 나한테 묻는대?"

유경이 입술을 삐쭉거리며 대답하는데 윗배에서 꼬르륵 소리가 났다. 골목 안쪽에서 풍겨오는 매콤한 닭꼬치 냄새가 왕성한 식욕을 자극하자 유경은 괜히 시르죽은 목소리로 불쌍한 척 말했다.

"아저씨, 저기 닭꼬치 하나만 사주면 안 돼요?"

"얘는 꼭 지 아쉬울 때만 존댓말을 쓰더라."

채광이 주머니에서 지갑을 꺼내 현금을 찾으려고 하는데, 휴대전화가 울렸다.

발신인 김미영

불안한 마음이 들었는지 휴대전화를 꺼내 든 유경은 엄마에게서 온 부재중 전화가 열 통 넘게 찍힌 화면을 보고는 아랫입술을 잘근 물었다.

"어, 지금 네 폭주 기관차 같은 따님 에스코트하고 있다. 잠깐만."

채광이 받아보라는 시늉을 하며 휴대전화를 내밀었지만 유경은 못 본 척하며 받지 않았다. 괜히 머쓱해진 채광이 미영에게 둘러댔다.

"아, 잠깐 화장실 갔나봐. 아무튼 미영아, 내가 확실히 집에 모셔다놓을 테니까 얼른 가서 세상을 지켜. 어? 뭐라고? 기, 길거리 음식? 닭꼬치? 에헤이, 절대 안 먹이지."

전화가 끊기자 두 사람은 동시에 긴장이 풀린 것처럼 한숨을 길게 뱉었다. 유경이 치가 떨리는 듯 연기했다.

"아우, 엄마 진짜 숨막혀."

"나도 이건 좀 소름 돋네. 닭꼬치 사 먹으려던 걸 어떻게 안 거지? 너 도청당하는 거 아냐?"

"그럴지도. 내 폰에 위치추적 앱 깔았잖아. 진짜 숨막혀."

"원래 내리사랑은 끔찍한 거야. 너 역사 시간에 안 배웠냐?

피의 숙청을 한 그 태종 이방원도 자기가 죽으면 아들 세종이 고기를 못 먹을까봐 장례중에도 꼭 고기는 먹이라는 말을 유언처럼 남기고 떠났어."

"우리 엄마가 이방원은 아니잖아."

"이방원보다 더하지. 여자가 강력팀장이 되려면 얼마나 독해야 되는지 아냐?"

"왜 몰라. 그거 땜에 아빠랑 이혼한 건데."

"세상이 독해서 너희 엄마가 더 독해진 거야. 신입 땐 얼마나 풋풋했는데."

채광이 예전 추억을 떠올리며 콧잔등을 찡그리자 유경은 엄마의 소싯적 이야기 따위에는 일절 관심이 없다는 듯이 터벅터벅 앞서 걸었다.

유령

1

기준은 멀끔한 정장을 입고 청계경찰서 앞에 있었다. 9시 10분이 지나도록 채광이 나타나지 않자 분명히 그가 밤새 술을 마셨을 것이고 고주망태가 되어 나타날 거라고 예상했다. 그런데 잠시 후 등장한 채광은 어쩐 일인지 등산복 차림이었고 비틀거리지 않았으며 낯빛 또한 빤빤하고 희끄무레했다. 등산복과 어울리지도 않는 그 명품 서류가방은 여전히 한쪽 어깨에 걸머메고 있었다.

"새벽 등산을 다니시는 분인 줄은 몰랐습니다."

"오 분석관은 복장이 그게 뭐예요?"

채광은 핀잔주더니 그를 지나쳐 정문으로 쏙 들어갔다.

채광이 성큼성큼 가뿐하게 계단을 올라가는 것에 비해 기준은 숨을 점점 가쁘게 내쉬었다. 5층에 다다른 기준은 이마에 땀이 송골송골 맺힌 채 거친 호흡을 몰아쉬었다.

강력2팀으로 들어가려는 두 사람을 출입구 근처에 앉아 있던 막내로 보이는 젊은 형사가 일어나 제지했다.

"어떤 일로 오셨습니까?"

대답하는 대신 채광은 두리번거리며 미영을 찾았다. 마침 두 사람을 발견하고 다가오던 미영이 막내를 말렸다.

"아니, 무슨 상주를 장례가 끝나자마자 불렀대?"

채광이 멀리 사무실 안쪽에서 참고인 조사를 받고 있는 최길중을 턱짓으로 가리키며 물었다. 그는 여전히 빛이 바래 덕지덕지 얼룩이 진 양복을 입고 있었고, 발치에는 흰색 보자기에 싸인 유골함이 놓여 있었다.

"본인이 극구 진술하겠다고 먼저 나온 거야."

"아주 적극적이고 바람직한 남편상이셔. 유족 조서 미리 받았을 거 아냐?"

"그날 술에 취해 있기도 했고, 경황도 없었던 것 같아서 더 자세히 물어보려고 불렀지."

"최길중을 용의자로 보는 건 아니고?"

"노 코멘트."

미영이 인쇄된 보고서를 건넸다.

"자, 현재 상황까지 요약해서 뽑아났으니까 읽어봐."

채광이 경찰 조서의 첫 장을 막 넘기려고 하는 그때, 끼익, 철제 의자로 바닥을 긁는 소리가 사납게 귀를 찔렀다. 조사를 마친 최길중이 투박한 동작으로 의자를 뒤로 밀며 자리에서 일어났다. 그는 엉거주춤하게 다리를 숙여 유골함을 잡아들고 다른 한 손으로는 바닥을 훑으며 쓰러져 있던 목발을 잡았다. 어딘가 모르게 모든 동작이 잘 계산된 연기처럼 보였다.

최길중은 다리를 절뚝이며 채광이 서 있는 곳까지 걸어왔고 그를 알아보자 묵례하며 지나쳐 갔다. 며칠 동안 씻지 못했는지 땟국에 까맣게 전 목깃과 기름기가 번들거리는 머리에서 시큼한 땀냄새가 올라왔다. 그가 시야에서 완전히 사라지자 의아하게 여긴 채광이 이야기했다.

"다리를 다친 줄은 몰랐는데."

"베체트병 환자입니다."

이제야 호흡이 진정된 기준이 입을 열었다.

"페트병?"

"……아뇨, 베체트병. 만성 염증 질환의 일종인 희귀병 환자입니다."

"언제부터?"

"보통은 입이나 눈에 염증이 생기는데, 합병증으로 관절까지 저렇게 상한 걸 보면 치료를 못 받은 채 상당한 시간이 경과한 것 같습니다."

"아니, 그런 것까지 어떻게 알았어?"

"안 실장님, ICIS 시스템 안 보신 겁니까? 상담기록이 남아 있잖습니까. 희귀병 환자라 보험가입이 모두 거부되었죠. 평생 염증약을 먹어야 하고 치료법도 없는 상황이니까요."

기본적인 정보를 일일이 설명해줘야 하다니 몹시 지친다는 듯 앓는 소리를 내는 기준에게 미영이 질문했다.

"암도 극복하고 코로나 백신도 1년 반 만에 만드는 세상에 염증 질환 치료제를 못 만들어요?"

"세계적인 제약회사들이 능력이 없겠냐? 환자가 몇 없는 희귀병이래잖아. 계산기 두들겨봤는데 수지타산이 안 맞아도 한참 안 맞은 거지."

채광은 위태롭게 절뚝거리며 복도 끝으로 사라지는 최길중을 보다가 조서로 시선을 옮겼다.

〈 진 술 조 서 〉

성명: 최길중

연령: 만 67세

직업: 무직

주거: 서울특별시 영등포구 경인로 94길

위의 사람은 강선자 변사 사건에 관하여 23년 8월 1일 청계경찰서에서 다음과 같이 임의로 진술하다.

...

문: 아내가 사라진 날 어떤 상황이었습니까?

답: 기상하고 나서 아내가 없는 것을 깨달았습니다.

문: 조금 더 자세히 구술해주시기 바랍니다. 일어난 시각이 몇 시였습니까?

답: 소주 두 병을 먹고 잠자리에 들었고 배가 고파 깬 걸 보니 정오였을 겁니다.

문: 일어났을 때 아내가 없는 것을 확인하고 어떤 조치를 취했습니까?

답: 일하러 갔다고 생각하고 마냥 기다렸습니다.

문: 아내의 직장이 어딥니까?

답: 모릅니다.

문: 정확히 답변해주시기 바랍니다.

답: 비정기적으로 청소 일용직을 나간다고만 들었습니다.

문: 강선자 씨가 평소 등산을 좋아했나요?

답: 아마도.

문: 자세히 말씀해주세요.

답: 항시 밖으로 나도는 성품의 여자라 잘 모릅니다.

…

사건 당일 아내의 행적에 관해 진술하는 부분을 보던 채광은 문득 멈칫했다. 처음에는 술꾼의 성의 없는 답변이라고 생각했지만, 같은 부분을 연달아 읽어보니 아내에 대한 정보만을 숨기기 위해서 최길중이 모르쇠로 대응하고 있다는 인상을 받았다.

자신의 행적을 얘기할 때는 '소주 두 병'을 마셨다는 식으로 나름 구체적인 답변을 했지만, 아내에 관한 질문에는 모른다고 하거나 자세한 답변을 피하고 있었다. 또한 조서를 작성할 때 형사와 용의자가 나눈 대화를 문서로 정리하는 과정에서 문체가 정돈되는 것을 감안하더라도 최길중이 사용하는 어휘의 수준이 예상보다 높다는 점이 놀라웠다. '기상하다' '일용직' '항시' '성품' 같은 한자어를 잘 구사하는 것으로 추측하건대 최길중은 몰락하기 전 적당한 사회적 지위가 있었고, 그전에는 공부를 어느 정도 한 인물이었을 것이다.

"여기 주소지의 집은 뒤져봤어?"

"상중이었잖아. 이제 수색영장 발부 받으려고."

미영이 관자놀이를 긁으며 머쓱하게 대답했다.

"참, 김미영 팀장은 휴머니스트야."

"내가 아니라 검찰이 유교적이라서 그런 거지."

"그러다 저 인간이 집에 가서 증거라도 없애면 어쩌려고?"

"우리가 화장터에서부터 지금까지 계속 지켜보고 있어."

"하긴 바보가 아니고서야 살해 도구를 집에 놔뒀을 리도 없고. 참, 최 교수 말로는 구타흔 몇 개가 서로 다른 시기에 생겼을 거라던데?"

"몇 달 전 관할 파출소에 가정폭력으로 접수됐다가 강선자 씨가 직접 취소한 일이 있었어."

"똥꼬 찢어지게 가난한 집의 무능력한 남편이 아내에게 폭력을 휘두르는 스토리구나."

그러면 그렇다는 듯이 채광이 목소리를 높였다.

"아내를 한두 대 때리다가, 강도가 세지면서 아예 보험금을 노리고 죽인 거네."

"가정폭력의 클리셰지."

"미영아, 툭 까놓고 얘기해봐. 다른 용의자는 없는 거네?"

"형님, 저번에 내가 말했잖니. 주변 인물이라도 있어야 무슨 다른 용의자를 찾지. 저 부부, 사회적으로는 없는 사람들이야. 유령이야, 유령."

2

하늘이 끄느름해지는가 싶더니 조용히 비가 내렸다. 최길중은 경찰서 앞 대로에서 손을 흔들며 택시를 잡으려 했다. 하지만 유골함을 들고 목발에 기대어 엉거주춤하게 서 있는데다 몰골까지 꾀죄죄한 노인을 태워주는 택시는 없었다. 30분 정도 그 자리에 있었을까. 애플리케이션을 이용해 택시를 호출한 청년이 차를 양보하고서야 최길중은 겨우 택시에 탈 수 있었다.

그는 비틀거리는 중에도 유골함을 꼭 붙잡으며 올라탔다.

택시는 1시간이 넘는 거리를 이동한 뒤 그를 주차장에 내려줬다. 최길중은 주머니에서 고김살이 짙은 지폐를 꺼내 택시비를 냈다. 그는 목발을 짚고 절뚝이는 걸음으로 비를 맞으며 둥근 돔 지붕으로 덮인 건물로 천천히 들어갔다. 시립화장터 옆의 봉안당 안으로.

우르릉 쾅, 번개가 치더니 잿빛 하늘에서 기어코 장대비가 쏟아졌다.

로비에서 서성이던 나눔사랑의 곽 대표가 다가와 그를 반겨줬다. 예의 그 푸근한 얼굴로 주머니에서 티슈를 꺼내서 최길중에게 몇 장 건넸지만 노인은 괜찮다며 고개를 저었다.

두 사람은 봉안당 직원과 함께 둥그런 나선계단을 천천히 내려갔다. 양쪽 벽에는 꽃과 편지가 꽂힌 봉안단이 천장부터 바닥까지 빼곡하게 들어서 있었다.

지하 2층에 다다르자 습기를 머금은 대리석에서 미묘한 곰팡내가 났다. 불과 두 개 층만 더 내려왔을 뿐인데, 희한하게 공기도 더 무겁고 축축하게 느껴졌다. 최길중은 직원의 뒤꽁무니를 따라 점점 더 깊은 안쪽으로 걸어 들어가던 중 봉안단이 1층에서 보았던 것과는 다른 물건들로 꾸며져 있다는 것을 알게 되었다.

노인은 걸음을 멈추고 봉안단 중 하나를 뚫어져라 쳐다봤다. 꽃과 편지 대신 고인의 명패 위에 노란색 쪽지들이 더덕더덕 붙어 있었다. 자세히 보니 '봉안관리비 미납 알림'이라고 적힌 독촉장이다.

> ▶ 봉안관리비는 5년마다 납부하여야 하며 납부기한이 경과한 날부터 6개월 이내에 납부하지 않을 경우 사용허가를 취소할 수 있습니다.
> ▶ 사용허가를 취소하면 사용자는 통지받은 날부터 1년 이내에 유골을 수거하여야 하며 이행하지 않을 시 무연봉안으로 간주되어 일정한 장소에 집단으로 매장할 수 있습니다.

"……"

"최길중 님, 이쪽입니다."

낮은 천장 때문인지 창문이 없어서인지 직원의 목소리가 유독 울렸다. 최길중은 독촉장에서 시선을 거두고 절뚝거리며 따라갔다. 세 사람은 복도의 가장 깊은 곳에 이르러서야 멈췄다. 어둠 속에서 환기팬만 윙윙 돌아갔다.

발목 높이에 있는 맨 밑단의 봉안단을 열기 위해 바짝 쭈그려앉느라 직원은 거의 눕다시피 몸을 낮춰야 했다. 그가 명패 위에 붙어 있던 빨간색 글씨로 적힌 쪽지를 떼더니 무심하게 바닥에 내려놓았다. 이번에는 '유골 자진수거 촉구 통보'라는 이름의 다른 독촉장이다. 곽 대표는 최길중의 불편한 시선을 의식했는지 서둘러 주워섬겼다.

"그래도 생각보다 빨리 자리가 나서 다행입니다."

"……전에 이 자리에 있던 분은 어떻게 됐나요?"

"관리비를 못 내서 저희 관리사무실에서 유골을 따로 보관하고 있습니다."

직원이 봉안단을 열려고 낑낑거리며 물색없이 대답했다.

"보관한 유골을 찾아갈 유족이 없으면요?"

"예? 그럼 다 같이 매장하겠죠."

"……"

최길중이 가장 낮은 곳에 있는 봉안단을 망연하게 내려다보고 있는데 물방울이 어깨 위로 똑 떨어졌다. 천장을 올려다보자 누렇게 뜬 마감재가 보였다. 오랜 시간 동안 누수가 되고 마르기를 반복해 마치 나무의 나이테처럼 얼룩이 퍼져나간 자국이 있었다.

"아, 저거요? 원래 저 정도는 아니었는데 근래 소낙비가 많이 왔잖습니까. 곧 보수할 겁니다."

직원이 열쇠를 돌리다 말고 내려왔던 계단을 바라봤다. 다른 쪽 천장에서도 빗물이 새고 있었고, 바닥에 놓인 파란색 양동이가 그 빗물을 받아내고 있었다. 똑, 똑, 똑.

"지상 1층에 있는 봉안단은 가격이 어떻게 됩니까?"

두 개 층 위를 올려다보며 최길중이 물었다.

"아무래도 더 비싸겠죠. 자, 유골함 주시죠."

직원이 얼른 용무를 끝내야 한다는 듯이 일어나서 손을 내밀자 최길중이 유골함을 들었고 곽 대표가 보자기의 매듭을 끌렀다. 단조로운 흰색에 저렴해 보이는 민무늬 유골함이 드러났다. 그러나 최길중은 아내의 유골함을 줄 생각이 없는 것처럼 내려다보기만 했다.

직원이 일부러 헛기침을 하자 최길중이 공상에서 깬 듯 고개를 들었다. 유골함은 노인의 손에서 직원의 손으로 옮겨갔다.

봉안단에 넣기 위해서 직원이 웅크리던 중 일순간 유골함이 면장갑 위에서 미끄덩거리며 빠져나가려 했다. 당황한 곽 대표가 유골함을 재빠르게 잡으려다가 아랫면을 툭 치는 바람에 안 그래도 위태롭던 균형이 무너졌다. 유골함의 뚜껑이 분리되어 바닥에 댕그랑 나뒹굴었다.

"죄, 죄송합니다."

당황한 직원이 뱅그르르 돌고 있는 뚜껑을 잡아서 황급히 유골함을 덮었다. 자기가 대리석 바닥과 부딪히며 냈던 마찰음의 메아리가 여전히 귓전을 맴돌았다. 다행히 뼛가루가 튀어나오진 않았으나 최길중의 표정은 차갑게 굳어갔다.

"휴, 깨지지는 않았네요. 조심스럽게 해주세요."

곽 대표가 최길중의 음울한 안색을 살피며 직원을 도와줬다. 문득 서늘하던 노인의 입가가 서서히 올라가더니 기침이 터진 것처럼 쿡쿡거리기 시작했다. 노인의 비릿한 미소는 점차 커지더니 이내 소리 내어 웃었다.

직원과 곽 대표가 영문을 몰라 빤히 쳐다보는데도 최길중의 날카로운 웃음소리는 그칠 줄 몰랐다.

"하하하, 죽는다고 끝이 아니구나."

"예? 저…… 괜찮으세요?"

곽 대표가 묻자 정신이 나간 사람처럼 웃어젖히던 최길중이 언제 그랬냐는 듯 정색했다. 감독이 '컷!'을 외치자 바로 몰입에서 빠져나온 배우처럼.

"얼른 넣으십시다."

직원은 가시방석에 앉은 기분으로 유골함을 봉안단에 넣었다. 이번에는 실수하지 않았다. 봉안단이 열쇠로 잠기는 것을 확인하자 최길중은 뒤돌아서서 먼저 계단을 올라갔다. 고무바닥이 마모되어 알루미늄 몸통이 다 드러난 목발을 짚을 때마다 캉, 부딪치는 소리가 나선충계를 짜증스럽게 울렸다.

3

 땀방울이 머리에서 목덜미로 빗물처럼 흘러내렸다. 기준이 소매로 이마를 쓸자 축축한 습기와 함께 땀이 닦여나갔다.
 "도대체 여기는 왜 온 겁니까?"
 "산은 오르려고 오는 거죠. 그것도 몰랐어요?"
 채광이 씩 웃으며 앞서갔다.
 기준은 숨을 몰아쉬다가 구두코에 더럽게 달라붙은 진흙을 털어냈다. 화를 삭이려 심호흡을 크게 하며 옆을 내려다보자 시내가 펼쳐졌다.
 높이 618미터. 도시에 있는 산 치고 고도가 높은 편인 청계산은 서울을 에워싸고 있는 산들 중 가장 남쪽에 위치해 있고, 서울 서초구와 경기 과천시, 의왕시, 성남시 경계에 걸쳐 광범위하게 연결되어 있다.
 여기까지가 기준이 알고 있는 전부다.
 기준은 평소 산을 좋아하지도 않고 오르는 것은 더더욱 싫어했다. 산을 보며 감탄한 적도 없고 그저 여름에는 푸르고 가을에는 붉다는 것을 바쁜 일상 중에 시나브로 깨닫는 정도일 뿐이었다. 그런 그가 정상 부근까지 힘겹게, 그것도 양복 차림으로 오르게 된 것은 순전히 채광 때문이다.

"그러게 왜 등산복을 안 입고 왔어요."

채광이 땀 한 방울도 안 흘린 얼굴로 약을 올렸다.

"미리 말씀해주셨으면 저도 입고 왔겠죠. 안 그렇습니까?"

"당연한 수순 아닌가. 피해자를 보고 유가족을 만났으면 현장에 가야 하는 거죠."

"후, 지금 올라가본들 뭐가 남아 있겠습니까? 시신이 발견되기 전 이틀 동안 시간당 최고 120밀리리터가 넘는 호우가 쏟아졌습니다. 거기다가 저 정장에 구두 차림입니다."

"여기가 무슨 에베레스트도 아니고 동네 뒷산인데, 그 정도면 충분해요."

에베레스트를 올라도 손색없을 정도로 튼튼한 고성능 등산복을 입은 채광이 그렇게 말하며 돌아봤다. 기준은 채광을 보며 '후, 확 옆으로 밀어버릴까' 생각했지만 더이상 대화하고 싶지 않아 고개를 처박고 묵묵히 따라 걷기만 했다.

"오기준 분석관, 왜 이렇게 말이 없어요? 힘들어요? 젊은 친구가 보기보다 체력이 약하네. 분석관이라 책상 앞에서 너무 오래 앉아만 있었나봐. 우리 회사 등산동호회 아주 좋은데, 가입해요. 아, 물론 추천인은 내 이름으로 해주고, 헤헤."

무언가를 우지직 씹는 소리에 기준이 고개를 들어보니 채광이 서류가방에서 꺼낸 오이를 혼자서 먹고 있었다. 아사삭 거리는 소리가 얼마나 뇌꼴스러운지 산비탈로 확 밀어버리고 싶은 충동이 또 일었다.

진흙을 머금은 구두 때문에 두 다리가 개미지옥의 늪 속으로 빨려 들어가는 것 같았지만, 알코올에 전 오십대에게 질 수 없다는 오기가 생겨 이를 악물고 한 걸음씩 내디뎠다. 그러자 어느새 도시가 까마득하게 내려다보일 만큼 높은 곳에 이르게 되었다.

"방금 지나온 지점을 **깔딱고개**라고 해요. 정상에 이르기 직전에 오 분석관처럼 숨이 깔딱깔딱 넘어간다고 해서 붙은 명칭이죠."

먼저 도착한 채광은 서류가방에서 줄자를 꺼내 바닥을 이리저리 재고 있었다. 강선자의 시신이 발견된 나무 그루터기 근처였다.

"여기는 분기점이 여러 갈래 있죠. 저쪽은 서초, 저쪽은 과천, 저쪽은 성남. 듣고 있어요?"

"……후."

기준은 바짓단과 옷깃을 털며 열기로 달뜬 체온을 식혔다.

"강선자 씨의 시신이 발견된 곳은 사람들이 많이 다니는 등산로에서 멀지 않고요. 이상하네요."

"뭐가 말입니까?"

"모순인 거죠. 시신이 빨리 발견되길 바라는 것처럼 등산로 근처에서 죽었지만, 굉장히 높은 지점이기 때문에 경찰이 시신을 수습하기는 어려우니까요."

"그 판단을 꼭 이렇게 올라와서 해야 합니까?"

기준이 볼멘소리를 했지만 채광은 듣지 않고 당시 상황을 상상하며 설명을 이어나갔다.

"이상해. 정황상 자살처럼 보이지만, 현장에 놓인 시신은 타살이라고 말한다. 오 분석관, 여기 누워봐요."

"예?"

"여기가 시신이 발견된 장소잖아요. 그러니까 피해자처럼 누워보라고요."

"……지금 이 진흙바닥에 누우라는 겁니까?"

"조사 안 할 거예요?"

"그럼 안 실장님이 누우시죠."

"내가 지금 하려는 보험조사의 선진 기법 중 가장 중요한 '임장'을 오 분석관이 할 줄 모르잖아요."

"임…… 장이요?"

"임장. 현장에 나와서 하는 조사요. 다른 이의 경험과 감각을 똑같이 추체험하는 거죠. 아무튼 말로 해서는 몰라요. 세탁

비는 내가 줄 테니까 얼른 누워요."

"……"

기준은 마지못해 정장 재킷을 벗어서 바닥에 던져놓고 그 위에 시큰둥하게 누웠다.

"오기준 분석관 175센티미터 정도 되죠?"

"무슨 소립니까. 소수점 버리고도 180센티미터입니다."

"뭐, 그렇다 치고. 강선자 씨는 키가 작았어요. 155센티미터였습니다."

채광이 줄자를 쭉 길게 뽑았다.

"이 줄자 정도로 몸을 살짝 웅크린 상태로 바동거려봐요."

"보험조사관이 이런 일까지 합니까?"

"4D 시뮬레이션. 자, 얼른 해요. 꾸물대다가 해 져요."

채광이 강권하자 기준은 투덜대면서도 어쩔 수 없이 등을 의기소침하게 움직였다. 움찔대는 몸짓 이상이 나오질 않자 채광의 언성이 높아졌다.

"좀더 거칠게. 모르는 사람한테 목이 졸렸는데 누가 그렇게 뭉그적거린답니까?"

"이, 이렇게요?"

기준은 뒤에서 누군가 목을 조르는 것처럼 자신의 목을 잡고 사부작댔다.

"좀더요! 강선자 씨의 눈앞에서 지금 목숨이 왔다갔다합니다! 발버둥을 쳐야죠!"

채광이 닦달하자 기준은 에라 모르겠다는 심정으로 다리까지 좌우로 펄떡이며 열심히 상체를 비틀었다. 정말로 누군가 목을 조르는 것처럼 인상까지 쓰면서 바동거리자 채광이 만족스럽게 미소 지었다.

"좋아요! 더! 더! 누군지 모를 사람이 목을 조르기 때문에 숨을 쉴 수가 없는 겁니다!"

기준의 하얀 와이셔츠 위로 진득한 진흙이 튀었다. 시뻘게진 얼굴에도 튀기 시작하자 기준이 멈추며 일어나 앉았다.

"에잇, 이 정도면 된 거 아닙니까?"

"됐어요, 그만해요. 고생했어요."

"뭘 알아내긴 한 겁니까?"

기준이 신경질적으로 옷을 털며 묻자 채광이 시큰둥하게 대답했다.

"흠, 별거 없네요. 이만 내려가죠."

"……뭐, 뭐라고요?"

4

 원터골입구 방면 주차장으로 내려왔을 땐 이미 해가 서쪽으로 넘어가는 중이었다. 기준이 붉으락푸르락 달아오른 얼굴로 씩씩거리며 먼저 내려오고, 채광이 뒤따라왔.

 기준이 양쪽 주머니에 손을 찔러넣어 뒤졌지만 있어야 할 자동차 열쇠가 없었다. 인내심의 밑바닥을 보이며 짜증스럽게 정장 재킷을 털자 묻어 있던 축축한 진흙이 튀며 차창을 얼룩덜룩 더럽혔다.

 "오 분석관, 자동차 열쇠 찾아요? 아까 추체험 과정에서 떨어졌더라고."

 불쑥 내민 채광의 손바닥 위에 자동차 열쇠가 사뿐히 올라가 있었다. 기준은 말없이 열쇠를 탁 낚아챘다.

 "삐친 거예요? 젊은 친구가 왜 이렇게 속이 좁아."

 채광이 비아냥거리자, 기준은 지금까지 가슴 깊이 꾹꾹 눌러왔던 분노를 터뜨려 입 밖으로 쏟아내듯 소리쳤다.

 "안 실장님은 도대체 진지할 때가 있기는 한 겁니까?"

 "그래도 오기준 분석관 덕에 성과가 있었어요."

 "대체 뭔 성과요?"

"한여름에도 산은 춥구나. 어쩌면 강선자가 실크 스카프를 두르고 집을 나섰을 수도 있겠구나."

"장난하십니까! 고작 그따위 정보를 알아보려고 이 난리법석을 떤 겁니까! 제 꼬락서니를 좀 보십쇼!"

"아우! 깜짝이야. 그대가 갑자기 소리를 지르니까……"

채광은 큰소리를 낸 기준이 무안할 정도로 협심증이 온 환자처럼 가슴을 세게 움켜쥐었다.

"장난 그만하십쇼."

"어라…… 왜 이러지."

채광이 비틀거리더니 호흡이 곤란한 것처럼 차에 비스듬히 기댔다. 색색대는 숨소리가 나자 기준은 상황의 심각성을 깨닫고 그의 팔을 치올리며 부축해주려고 했다.

"실장님, 괜찮으세요? 지병이 있으신 겁니까?"

"후…… 그게 아녜요."

채광은 머리가 핑 도는지 관자놀이를 붙잡으며 날숨을 길게 내쉬었다.

"사실 말이죠…… 아무래도…… 아무래도……"

"캬!"

채광은 막걸리를 마지막 방울까지 비워낸 양은 사발을 머리 위로 털며 시원하게 내질렀다.

"역시 잣 막걸리야! 맛이 잣 같구만, 잣 같아. 이제야 기운이 좀 도네. 응? 오 분석관 얼굴이 왜 이렇게 좆 같…… 아니, 잣 같아요? 인상 좀 펴요. 푸하하."

"……"

탁주 한 잔에 어지럼증과 등산으로 인한 피로가 모두 회복된 것처럼 익살스럽게 구는 채광의 태도에 기준은 할말을 잃었다. 이젠 화가 더 나지도 않고 그저 허탈했다.

또 술이다. 타고난 간을 가진 이가 아니라면 진작 간경화로 쇼크가 왔을 법도 한데, 정말로 카페인을 충전한 직장인처럼 도리어 혈색이 돌며 기운이 넘치는 모습을 보니 신비하다 못해 넌더리가 났다.

"아까 오 분석관이 삐쳐서 가버리는 바람에 '정상주'를 못 했잖아요. 그럼 '하산주'라도 해야지. 헤헤."

막걸리가 벌컥벌컥 채광의 목구멍으로 넘어갔다.

"안 실장님, 업무시간에 이러시는 거 진짜 불편합니다."

"사실 오 분석관은 내가 하려는 보험조사의 선진 기법인 '탐문'을 이해 못했어요. 우리가 지금 여기 왜 왔겠어요?"

"위스키에서 막걸리로 주종을 바꾸려나보죠."

"대한민국 산은 높아질수록 CCTV가 잘 없어요. 정상 부근에 몇 개, 등산로에 몇 개. 왜냐? 공무원들이 관리하기 어렵거든. 또 등산로를 조금만 벗어나면 그대로 사각지대예요. 그러니까 이름난 사람들이 산에 올라가서 목을 매면 전경 부대 서너 개로도 시신을 찾는데 반나절이 넘게 걸리는 거거든요."

"술꾼은 어떤 핑계를 대서라도 술 마실 궁리만 한다더니."

"에이, 진짜라니까. 이런 상황에서 가장 중요한 게 뭐겠어요? 바로 목격자야."

채광은 능숙한 곁눈질로 계산대 뒤에 서 있는 우락부락한 가게 주인을 안 보는 척하며 슬쩍 쳐다봤다.

"주요 등산로 입구에 있는 이런 24시 해장국집 사장님만 한 목격자가 없다는 거지."

"……진심입니까?"

"일주일 전에 경찰들이 왔을 때 유독 특별한 일이 없었느냐고 물어봐요."

기준은 조용한 홀을 둘러봤다.

손님은 아무도 없고 주인은 전기 파리채를 휘두르며 계산대 위로 날아다니는 초파리를 쫓고 있었다. 진짜로 저 사장님이 무언가를 봤을까. 이 고주망태 조사실장은 분명 이상한 사람이긴 하나 보험조사 능력 하나는 정평이 나 있다. 추론이 아주 터무니없는 얘기는 아닌 것 같기도 하고.

기준이 고민하는 사이 채광이 양파를 한 조각 집어먹더니 먼저 일어났다.

"그럼, 오 분석관이 계산하는 척하면서 한번 쓱 조사해보고 나와요."

채광은 계산대에서 연두색 이쑤시개를 하나 집어 입에 물더니 본인이 주윤발이라도 된 것처럼 느끼하게 윙크하며 먼저 가게를 나갔다.

채광이 굴다리 너머 땅거미가 내려앉은 청계산을 바라보며 신나게 이빨을 쑤시기를 몇 분, 갑자기 24시 해장국집 문이 벌컥 열리더니 기준이 우당탕 떠밀려나왔다. 따라 나온 식당 주인이 바가지에 담긴 굵은 소금을 가득 쥐고 기준에게 팍 뿌렸다.

"사, 사장님, 왜 이러세요!"

"장사도 안 돼서 죽겠는데 어디서 이상한 새끼가 와가지고, 조사하긴 뭘 조사해! 카악, 퉷!"

식당 주인이 굵은 가래를 기준의 발치에 뱉더니 뒷손질로 문을 쾅 닫았다. 갑작스러운 문전박대에 기준은 어안이 벙벙해 채광을 찾았다. 주윤발은 저 멀리서 이쑤시개를 물고는 연민하는 것 같기도 하고 비웃는 것 같기도 한 오묘한 표정을 짓고 있었다.

"오 분석관, 무슨 일이에요? 중요한 목격 진술은 잘 얻어냈나요?"

"……실패했습니다. 왜, 왜죠?"

"혹시, '조사'라는 단어를 썼나요?"

"조사해보라고 하셨잖습니까?"

"오 분석관에게 조사를 하라고 했지. '조사한다'는 말을 쓰라고는 안 했는데."

"……아."

기준은 더 대꾸하지 못했다. 사실 방금 해장국집 사장에게 '사흘 전 발생한 변사 사건을 조사하고 있다'는 식으로 딱딱하게 물었기 때문이다. 이상하게 그 단어를 내뱉는 순간 주인의 어깨가 굳더니 '무슨 일이냐'며 정색했고 기준이 그 사건에 대해서 더 캐묻자 주인은 '어디서 나오셨느냐'고 되물었다. 기준이 '보험사'라고 대답하자 사장의 소매 밖으로 튀어나온 우락부락한 팔 위에서 용꼬리쯤으로 보이는 문신이 꿈틀대기 시작했다. 사장은 '경찰도 아닌 놈이 무슨 권리로 조사하느냐' '영장은 갖고 왔느냐'는 식으로 따지며 기준을 가게 밖으로 내몰았는데, 기준이 오해가 있으신 것 같다고 아무리 설명해도 막무가내로 그를 밀어냈던 것이다.

"말했잖아요. 오 분석관은 너무 뻣뻣하다고. 어깨에 힘을 빼야 해요. 보험조사관은 절대 '조사'라는 말을 일반인에게 쓰면 안 돼요. 우린 경찰이 아니잖아. 일반인들은 그런 단어를 듣는 순간 위축된다니까. 생글생글 웃으면서 저자세로 물어봐야죠."

"어째 기분이 좋아 보이십니다?"

"무슨 소리예요? 제가 표현에 박해서 그렇지 마음속으로는 같이 아파하고 있어요."

채광이 밉살맞게 가슴을 부여잡고 아픈 연기를 하자 기준은 상대를 말자 싶어져 옷을 툭툭 털며 일어났다.

그때, 채광의 휴대전화로 미영의 전화가 걸려왔다.

— 형님, 여기 분위기가 심상치 않아. 과장이 일단 사망자 남편 끌고 오래.

"왜?"

— 우리한테 조사받은 뒤로 기다렸다는 것처럼 폰이 꺼졌어.

"체포영장이 나왔어?"

— 자기 아내 화장하자마자 조서 써주러 왔어. 그렇게 협조적인데 영장이 나오겠어? 지금 서에서 단독으로 긴급체포 밀

어붙이는 거야.

"그래서 어디로 잡으러 가는 건데?"

뚝. 미영의 대답이 들리기도 전에 전화가 끊어져버렸다.

"에이, 하여튼 형사들이란. 오 분석관, 오늘 야근해야 할 것 같은데. 차량사고팀에서 서울의 도로 교통 상황에 대해서 얼마나 배웠어요?"

"한강 이남의 과속 카메라와 어린이 보호 구역은 다 외우고 있습니다."

"좋아요. 우리가 경찰보다 더 빨리 도착해야 해요."

"어디로 갑니까?"

"영등포 쪽방촌."

채광은 최길중이 쓴 진술 조서에 적힌 주소지를 떠올리며 대답했다.

[쪽]

1

 라디오에서 감미로운 음악과 함께 '8시가 지났다'고 알리는 음악방송 DJ의 나긋나긋한 목소리가 흘러나왔다. 잔잔한 클래식 선율이 무르익어가는 밤을 더욱 풍요롭게 채웠다.
 대조적으로 기준이 운전하는 차는 굉음을 내며 차선을 넘나들었다. 차가 급하게 꿀렁거릴 때마다 채광은 안전벨트를 꽉 틀어쥐고 조수석 등받이로 몸을 더 웅크렸다.
 "이, 이, 이 정도로 빨리 갈 필요는 없어요."
 "걱정 마십쇼. 절대 딱지 뗄 일 없습니다."
 "아니 그, 그게 아니라 속이 좀……"
 "안 실장님, 면허가 너무 오랫동안 정지되어 있어서 운전 감각을 잊으셨나보다. 이 정도로 멀미가 나면 어떡해요."

"저, 정지! 잠깐만!"

신호등이 붉은빛으로 바뀌기 직전에 기준이 액셀을 밟으며 사거리를 통과했다.

"아니면 뱃속에서 위스키가 출렁거려서 그러시려나요."

기준이 고소하다는 듯이 씩 웃으며 일부러 차선을 획획 바꿨다. 승용차의 앞머리와 뒤꽁무니가 따로 노는 것처럼 출렁였다. 덩달아 채광의 오장육부도 비명을 지르며 널뛰었다.

"멈, 멈춰!"

"경찰보다 빨리 가야 한다면서요."

"아, 아냐! 그만!"

끼익 차가 멈추는 것과 동시에 채광이 차문을 벌컥 열더니 아스팔트 바닥에 토했다.

"으…… 지은 죄가 있으니 이번은 그냥 눈감아주는데……"

"도착했습니다."

"응?"

입안에서 맴도는 시큼한 침을 삼킨 채광이 주위를 둘러봤다.

"진짜 빨리 왔네."

"제가 시간 약속은 칼같이 지켜서요. 그리고 제 덕분에 오늘 드신 술을 다 게워내서 정신이 말똥해지신 것 같네요."

"……"

'이 건방진 어린놈 새끼가' 하는 소리가 잇새로 튀어나오려 했지만 채광은 꾹꾹 눌러넣었다. 머리가 너무 어지러워서 말이 잘 나오지도 않았고, 어쨌거나 당장 해결해야 할 사건이 눈앞에 있었다.

2

영등포역에 정차하지 않는 열차가 요란한 소리를 내며 지나갔다. 가로등 불빛조차 미치지 않아 음침하고 적막한 골목길을 말없이 걷다가 채광이 불쑥 물었다.

"오 분석관, 이런 곳에 들어오게 되면 얼마 동안 머무를 것 같아요?"

"벗어나지 못할 것 같은데요."

"평균 11년. 돈이 없는데 왜 서울을 고집하느냐고, 잘 모르는 사람들은 묻곤 하죠."

"사람이 밀집된 곳에 인프라가 있기 때문이죠."

"좀 아네요. 맞아요. 일자리도 많고 교통도 월등히 잘 갖춰져 있고 페이도 더 좋죠. 도시에서 태어난 사람 대다수는 살던 곳을 쉬이 떠나지 못해요. 인간 본성은 철새보단 텃새인 거죠."

기준은 가로등이 켜진 육교 근처에서 한 노인이 비틀거리며 주변을 두리번거리는 것을 보았다. 잠시 후 그는 아랫도리의 지퍼를 내리더니 계단에 대고 그대로 오줌을 누기 시작했다. 기준은 눈살을 찌푸리며 시선을 돌렸으나, 졸졸 흐르는 소리가 귓가에 불쾌하게 따라붙었다.

골목 안쪽으로 들어가자 허름한 슬레이트 지붕 밑으로 쓰러질 듯 위태로운 건물들이 다닥다닥 붙어 있었다. 넓지 않은 공간이지만 여차하면 길을 잃기 십상인 곳이다.

보증금 없음. 계약서 없음.

이 쪽방촌은 20만 원대의 월세만 내면 아무도 세입자의 존재를 궁금해하지 않는 곳이다. 서로가 서로의 존재를 모르는 채 살아가는, 유령들이 사는 곳. 과연 이곳에 죽은 강선자와 최길중에 대한 정보가 남아 있을까.

기준은 진흙이 말라붙은 정장 바지를 툭툭 털며 앞서가는 채광을 따라 관리인이 머무르는 반 평 남짓한 사무실로 들어갔다. 멀뚱히 TV를 보고 있던 낯익은 뒷모습의 할아버지가 그들을 돌아봤다. 하필이면 좀 전에 육교 계단에 노상 방뇨를 했던 그 노인이다.

"뉘쇼?"

기준은 노인을 알아보고 본인도 모르게 인상을 찌푸렸지만 채광은 능글맞게 비위를 맞춰주었다.

"아이구, 어르신. 안주도 없이 깡소주를 드시고 계시네요. 전 이런 사람입니다."

채광이 명함을 주자 할아버지는 "반갑수다"라며 악수를 청했다. 채광은 역시나 베테랑답게 오줌 묻은 손을 거리낌 없이 잡고 흔들었다. 노인은 이번에는 기준에게도 악수를 청하듯 손을 내밀었다.

"……"

기준이 눈을 멀거니 뜬 채 가만히 있노라니 술냄새 풍기는 관리인이 인상을 구기려 했다.

"하하, 이 친구가 손에 무좀이 있어서요. 아이고, 술이 다 떨어지셨네. 오 분석관은 가서 술을 조금 더 사 오는 게 어때요?"

자칫 어색해질 수도 있는 분위기를 채광이 무마했다. 채광은 기준의 등을 관리인실 밖으로 떠밀고는 곧장 바닥에 있는 소주병을 집어들어 노인 앞에 있는 종이컵을 채웠다.

"안주도 좀 내와보지?"

코가 빨간 관리인이 기준의 뒤통수에 대고 명령조로 말했다. 멈칫한 기준이 들릴 듯 말 듯한 목소리로 "대한민국은 술 없으면 안 돌아가네"라며 볼멘소리를 했지만 곧 발걸음을 옮겼다.

"뭐야, 저놈."

"하하, 아직 젊잖습니까. 뭘 잘 모르죠. 자, 어르신, 얼른 드시죠!"

채광은 관리인실이 마치 자기 집인 것처럼 자연스럽게 새 종이컵을 꺼내 소주를 따른 후 노인과 건배했다.

영악한 관리인은 채광의 거듭되는 질문에 제대로 된 대답을 하지 않고 신변잡기 같은 얘기만 둘러대다가 기준이 술과 안주를 들고 돌아오는 것을 확인한 뒤에야 강선자와 최길중의 사진을 보고 알은척을 했다.

"아아, 이제야 기억이 나네. 나이가 들면 정신이 멍하고, 그렇다니까."

"제가 듣기로는 세 달 전에 요 앞 파출소에서 경찰이 찾아왔다고요."

"아아, 그거. 내가 신고한 거야. 그날 그 강 뭐시기 하는 여자가 눈이 밤탱이가 되어서 살려달라고 여기로 뛰어왔어."

관리인이 숯불 향이 나는 육포를 질겅질겅 씹으며 회상했다. 그의 말에 따르면, 강선자가 피가 철철 흐르는 이마를 붙잡고 살려달라며 뛰어왔고, 최길중이 헐레벌떡 뒤쫓아왔다고 한다. 다리가 불편한지라 몇 걸음 못 가다가 고꾸라졌지만 어떻게든 아내를 붙잡으려고 악을 썼었단다.

"그런 일이 여러 번 있었나요?"

"한두 번 더 있었던 것 같기도 해."

"혹시 노부부를 찾아오는 다른 손님은 없었습니까?"

"한 번인가 그 집 아들놈이 찾아왔었어. 소리를 엄청나게 고래고래 지르더라고."

"뭐라고요?"

"뭐랬더라…… 기억이 안 나. 뭐, 막돼먹은 놈들이 하는 얘기야 항상 돈 얘기 아니겠어?"

"어르신, 혹시 그게 언제인지 기억나십니까?"

"글쎄, 잘 기억이 안 난대도."

"그렇군요. 어르신, 혹시 저희가 그 부부의 방을 둘러봐도 되겠습니까?"

채광은 말하는 것과 동시에 반으로 접은 5만 원짜리 지폐를 관리인의 손바닥 밑으로 슥 밀어넣었다. 약삭빠른 노인의 입꼬리가 슬며시 올라갔다.

"흠흠, 무슨 소린지. 난 술 마시고 테레비를 보면 꼭 졸리더라. 아마 자다가 한 20분 뒤에 일어나게 되겠지?"

죽이 잘 맞는 두 사람은 서로의 의중을 알아차리며 눈으로 웃었다. 채광은 끝까지 예의 바르게 인사하며 관리실을 나왔다. 돌아보자 노인은 정말로 까무룩 잠드는 시늉까지 하고 있었다.

3

 방은 키 작은 성인 여자도 두 다리를 온전히 뻗고 누울 수 없는 크기였다. 안 그래도 좁은 쪽방은 곳곳에 쌓인 가재도구 때문에 터무니없이 좁게 느껴졌다.
 저가 브랜드 로고가 큼지막하게 박힌 두루마리 휴지는 포장지가 뜯긴 채로 구석에서 자리를 차지했다. 벽에 걸려 있는 조잡하게 생긴 나무 옷걸이에는 축축한 수건이 걸려 있었는데, 곰팡이가 피어서인지 꿉꿉한 악취가 방안을 감돌았다. 오래된 자개 서랍장 위에 놓인 선풍기는 8월의 불쾌한 열기를 끝끝내 이겨내지 못한 듯 고개를 숙인 채였다.
 이곳에서 강선자와 다리에 장애가 있는 최길중이 폭염을 어떻게 견뎠을지 상상조차 되지 않았다.
 두 사람이 동시에 수색하기가 불가능할 정도의 공간이라 채광만 들어가기로 했다.

그는 서류가방을 뒤적이더니 납작한 파우치를 꺼냈다. 그 안에서 과학수사요원들이 쓸 만한 발싸개, 머리캡, 그리고 니트릴 장갑을 착용하고 나서야 쪽방 안으로 한 걸음 내디뎠다.

"실장님, 어차피 경찰이 와서 다 수색하는 거 아닙니까? 왜 저희가 먼저 이래야 하죠?"

"경찰이 뒤진 후에는 난장판이라 뭘 찾기 어려워요."

"실크 스카프요?"

"그런 결정적인 살해 도구를 집에 둘 만큼 최길중은 어수룩하지 않아요. 그리고 우린 경찰보다 우리 보험사의 이익을 대변할 만한 다른 단서를 찾으려는 거예요."

"그런데, 이거 불법 아닙니까? 곧 김미영 팀장이 올 텐데요."

"에이, 불법 아니고 편법."

채광은 바닥에 놓인 두루마리 휴지와 전기포트를 들어보기도 하고 개어진 이부자리도 들춰보면서 좁은 공간을 꼼꼼하게도 뒤졌다. 하지만 머리캡 안에 땀이 송골송골 맺힐 정도로 찾아보아도 딱히 건질 만한 게 없었다.

그가 두피까지 달아오른 열기를 식히기 위해 냉장고 문을 열었다가 닫자 기준이 참견했다.

"그냥 닫으시면 어떡해요? 반찬통 같은 거 하나씩 다 열어봐야죠."

"관리인 영감 갖다 줄 안주라도 찾으라고요?"

"아뇨, 이런 곳은 지폐에도 곰팡이가 핍니다. 중요한 건 냉장고나 냉동실에 넣어두게 되어 있어요."

채광은 의아했지만 어쩐지 설득력 있는 기준의 말에 이끌려 냉장고 안의 반찬통과 비닐봉지를 하나씩 열었다. 가장 안쪽에 있는 검은색 봉지를 열자 악취가 확 풍겼다. 안에 정체 모를 음식이 흐물거리고 있었다.

채광은 이틀 동안 장난친 자신의 행동에 대한 복수라고 여긴 건지 기준을 가자미눈으로 홱 노려봤지만 돌아오는 건 진지한 눈빛뿐이었다. 숨을 참은 채광은 냉장고 안쪽을 더 살펴보다가 다른 통과 다르게 양은으로 된 반찬통을 발견하곤 뚜껑을 열어봤다. 그 안에는 만 원권 지폐 여섯 장과 가족사진, 편지가 들어 있었다.

"빙고! 오 분석관, 어찌 알았대?"

채광은 가족사진을 밝은 빛에 비춰보았다. 오래전에 찍은 듯 오십대 중반으로 보이는 최길중과 강선자가 미소 짓고 서 있고 아들인 최창기가 아버지의 어깨를 한쪽 팔로 감싸며 브이 자를 그리고 있었다. 배경에는 '매봉'이라고 적힌 청계산의 정상석이 보였다.

그리고 강선자의 목에는 문제의 실크 스카프가 둘러져 있다.

"찾으시는 게 그건가요?"

기준이 묻자 채광은 코웃음 치며 휴대전화 카메라로 가족사진을 찍더니 도로 통에 넣었다.

"오 분석관, 보기보다 감성적이네요. 우리가 찾는 건 이런 거죠."

채광이 고무줄로 감긴 낡은 편지 묶음을 풀고 그중 하나를 꺼내서 대충 첫 문단을 읽었다. '사랑하는 남편에게'로 시작하는 구절이 어딘가 어색했다. 아무래도 부부가 오래전에 주고받은 연애편지인 듯했다.

"최길중이 처음부터 가정폭력을 일삼지는 않았나보네."

"실장님이 더 감성적이신 것 같네요. 그거 챙기시게요?"

"다 필요한 데가 있어서 그래요. 잘 쓰고 제대로 돌려놓으면 됩니다."

두 사람이 육교 아래에 있는 노상 주차장으로 돌아오자 그림자 속에서 하얀 정장을 입고 구두도 하얀 걸 신은 나이 많은 신사가 가만가만 걸어나왔다.

"오랜만이요. 안 형사."

"아…… 오랜만이네요, 노 대표님. 저 이제 형사는 아니고 생명보험사에서 일한 지 꽤 됐습니다."

채광이 장난기를 뺀 담백한 말투와 동작으로 노 대표에게 꾸벅 인사했다.

"이 동네엔 어쩐 일이시죠?"

"안 형사님이라면 눈치채셨을 텐데요. 강선자, 제 고객이었고 앞으로도 그렇겠죠?"

노 대표의 가느다란 눈매가 음침하게 반달을 그렸다.

"아이고, 저런."

"그럼, 또 봅시다."

노 대표는 점잖게 인사하며 그들을 지나쳤다. 그가 사라지자 기준이 조심스레 물었다.

"저분은 누굽니까?"

"하얀 거머리."

"거머리요?"

"사채업자요."

채광은 곧 말을 돌렸다.

"난 따로 볼일이 있으니까 오 분석관은 여기 남아서 수고 좀 해줘요."

"또 야근입니까?"

채광은 쓰러져가는 붉은색 건물을 검지로 가리켰다.

"저기 보이죠?"

"네, '건물 안전등급 D등급'이라고 적힌 공고문이네요."

"아뇨, 그 옆의 골목이요. 저 사이를 뚫어져라 쳐다보다가 골목에서 누군가 나오면 계속 찍어줘요."

"어째서요?"

"참 질문이 많아…… 보험조사의 선진 기법인 '잠복'을 해보는 거죠."

"잠복 수사는 경찰이 하는 거 아닙니까? 언제는 우리는 경찰이 아니라면서요?"

"수상한 사람이 나타나면 폰 카메라로 열심히 찍어서 내게 보내줘요."

"정확하게 누구를 말하는 겁니까?"

가뜩이나 원치 않은 업무를 맡아서 심통이 난 기준이 삐뚜름한 입모양으로 물었다.

"두 명이죠. 최길중이나 그의 아들 최창기."

"실장님은 어디로 가시는 겁니까?"

"제가 답은 세 가지 중에 꼭 들어 있다고 했던 말 기억하죠?"

"피보험자의 자살, 수익자의 살인, 계약의 무효 중 한 개의 카테고리 안에 꼭 들어간다고요."

"바로 그겁니다. 3번, 계약의 무효."
채광이 의기양양하게 웃었다.

4

 고풍스러운 손글씨로 '서흥 필적감정원'이라고 음각한 원목 현판이 걸린 입구를 지나쳐 들어가자 돋보기안경을 낀 중년의 남자가 비닐 토시를 빼내며 반색했다. 채광은 혹여나 필압측정기, 마이크로카메라, 확대투영기 같은 고가의 필적감정 장비를 건드리기라도 할까봐 조심조심하면서도 익살스럽게 지나갔다.
"대한민국 최고라 늦은 시간까지도 일이 많으신가봐요."
"안 실장이야말로 또 야근인가? 아니다, 지금 출근한 건가?"
"급한 사건 하나 터져서 며칠째 바쁘죠."
"형사 때나 지금이나 별로 다를 게 없네."
"왜요. 제 연봉이 다섯 배 올랐잖습니까."
"……이런, 갑자기 기분이 나쁘네."
감정사가 장난스럽게 미소 지었다.
"그래서 기분좋아지시라고……"

채광이 종이가방에서 고가의 위스키병을 꺼냈다.

"짜잔! 여름휴가도 못 가고 일만 하시는 우리 감정사님을 위해서 선물을 사 왔죠, 헤헤."

"미치겠네. 이번엔 도대체 얼마나 빨리 마무리해달라고 채근하려고. 일단 다 줘봐요."

채광은 서류가방에서 노부부가 주고받은 **연애편지**, 최길중이 작성한 **대리인 위임장**의 복사본, 그리고 기준을 통해서 전달받은 강선자의 **보험계약서** 복사본을 꺼내 건넸다. 감정사는 가장 먼저 위임장에 정자로 쓴 최길중의 서명을 보며 말했다.

"대조할 수 있는 남편의 서명은 확실히 있고. 그런데 비교할 수 있는 아내 서명이 없네?"

"아쉽게도 못 찾았어요. 대신 이거를 보시면."

채광은 빠른 손놀림으로 연애편지를 펼쳐서 감정사에게 보여주었다. 그는 몇 줄을 눈으로 훑더니 씁쓸하게 웃었다.

"첫 줄부터 마음이 촉촉해지네. 이거 읽어봤어?"

"첫 장만요. 좋은 시절에 부인이 남편한테 보낸 사랑 편지 같더라고요."

"그러니까 이 보험계약서에 있는 서명을 남편과 부인이 직접 썼는지 확인해달라는 거지?"

"맞습니다."

채광은 씩씩하게 맞장구를 치면서 위스키병을 손에 들고 살살 돌렸다. 병 안에서 독주가 기분좋게 흔들리며 줄렁줄렁 소리를 냈다.

"끙, 이틀. 이틀 뒤까지 해줄게."

"항상, 또 항상 감사합니다."

채광이 능글맞게 윙크하자 감정사는 징그럽다는 듯 손사래를 쳤다.

그 시각, 쪽방촌.

꿍얼대더라도 시키면 시키는 대로 이행하는 기준답게 그는 20분째 짙은 어둠이 내려앉은 골목길을 노려보는 중이다. 특이사항은 없었다.

기껏해야 5분 전 승합차를 타고 쪽방촌 안으로 들어가는 김미영 팀장과 강력팀 형사들을 본 것이 전부였다.

기준은 졸음을 쫓기 위해 주차장 바닥에서 팔굽혀펴기도 해보고 담벼락에 매달리면서 턱걸이도 해봤다. 하지만 여전히 따분하고 지루한 잠복이었다.

그때 우당탕 소리와 함께 골목길을 뛰어나온 김미영 팀장과 형사들이 급하게 승합차에 올라타더니, 시동이 걸리자마자 경찰 사이렌을 울리며 주차장을 황급히 빠져나갔다.

채광이 말한 최길중과 최창기는 아니었지만, 그래도 이상한 기분이 들어 기준은 전화를 걸었다.

"안 실장님, 경찰이 급히 어디론가 떠납니다."

— 무조건 따라가야죠.

"예? 지금 경찰을 따라가라는 말입니까?"

— 오 분석관은 정말 복 받은 사람이에요. 보험조사의 선진 기법인 '미행'을 이렇게 빨리 경험하게 될 줄이야.

"경찰을 미행하는 건 불법 아닙니까?"

— 우리가 개인의 이익을 위해 이러는 게 아니잖습니까. 보험사기를 잡아내기 위한 것이라면 괜찮아요. 대법원 판례도 있으니 안심하고 하도록 해요.

통화를 마치고 나자 고민이 찾아왔다. 도대체 어디까지가 진짜인 건지. 말하는 본새가 미심쩍긴 하지만 채광이 현장 실무에서는 그보다 월등한 능력을 갖춘 경력자인 것은 분명했다.

"휴, 알면서도 속는 기분이다."

기준은 시동 버튼을 누르며 정말 존재하는지도 확실하지 않은 보험조사 선진 기법을 경험해보기로 마음먹었다.

5

 경찰 승합차의 붉은색 꼬리등은 점멸할 때마다 '경고, 경고, 경고' 하며 계속 주의를 주는 것처럼 느껴졌다. 미행하다가 발각되면 어떻게 둘러대야 할지로 걱정이 반, 설사 성공하더라도 자신이 무엇을 발견하게 될지 몰라서 오는 불안감이 나머지 반이었다.
 "살다 살다 경찰을 미행할 줄이야."
 기준이 이런 결정을 한 이유가 꼭 채광의 지시 때문만은 아니었다. 그 역시도 부리나케 어딘가로 출동하는 김미영 팀장을 보자 대단한 일이 터질지도 모른다는 느낌이 왔고, 그로 인해 이 사건이 잘 해결될지도 모른다는 기대감이 생겼기 때문이다.
 승합차는 서울을 빠져나갈 때까지는 사이렌을 울리더니 경기도로 진입하자 조용해졌다. 골목골목을 탐색하는 것처럼 속도도 차츰 느려졌다.
 기준은 그래도 영화에서 본 건 있어서 적당한 거리를 확보하며 걸리지 않게 승합차의 뒤꽁무니를 잘 쫓아갔다.
 고속버스 두 대 정도가 출발하려고 대기중인 작은 시외버스 터미널을 끼고 돈 경찰차가 멈췄다. 기준도 덩달아 정차했다.

승합차는 저층 건물들의 그림자 속에 파묻혀 형체가 잘 구분되지 않았다.

김미영 팀장이 조수석에서 내리자 다부진 체형의 형사들이 연달아 뒤따랐다. 그녀가 말없이 수신호를 주자 형사들은 두 개 조로 나뉘어서 나아갔다. 한 조는 고시원 건물 입구로 진입했고 다른 조는 후문으로 들어가기 위해 뒤로 돌아갔다.

차에서 내려 몰래 따라가야 하나.

기준은 잠시 고민했지만, 자신은 미행하는 것까지만 얘기가 된 것이지 또다른 보험조사의 선진 기법인 침투(가 있는지는 모르겠으나)까지 할 생각은 없어 잠자코 운전석에 엉덩이를 붙이고 기다렸다.

형사들이 건물로 들어간 지 얼마 지나지 않아 검은 형상의 남자가 고시원에서 골목으로 슬며시 나왔다. 기준은 목발을 짚으며 절뚝거리는 걸음걸이를 보고 단번에 그가 최길중이란 것을 알아차렸다. 상주 견장이 없을 뿐 꼬질꼬질한 감색 정장 차림 그대로였다.

그는 형사들로부터 몰래 빠져나가기 위해 온 신경을 곤두세우고 좌우를 살피며 어둠 속으로 다시 스며들었다.

형사들은 최길중을 잡으러 온 것이다. 그런데 하필이면 그가 도망치는 중이다.

기준이 김미영 팀장에게 받은 명함을 떠올리며 안주머니를 막 뒤지는 사이 최길중은 도움닫기를 하듯이 목발로 힘차게 바닥을 밀어내면서 생각보다 빠른 보폭으로 가까이 다가왔다. 노인은 다행히 기준을 알아차리지는 못한 건지 차를 그냥 지나쳤다.

 바지부터 윗옷 주머니까지 뒤졌지만 명함이 없었다. 최길중이 몰래 빠져나온 것을 알아차리지 못한 듯 형사들은 고시텔에서 나올 기미가 없었다.

 기준은 짧은 시간 깊은 고민에 빠졌다. 대단한 공명심에 사로잡힌 것은 아니지만, 그래도 유력한 용의자가 유유히 사라지는 것을 방관하고만 있을 수는 없었다.

 "그래, 조사의 연장선상일 뿐이야."

 기준은 결국 차 문을 열고 내렸다.

 쪽방촌에서 느꼈던 것과 비슷한 눅눅한 공기가 살갗에 와닿았다. 기준은 조용히 차 문을 닫으며 최길중을 놓치지 않기 위해 집중하며 뒤를 밟았다.

 감색 양복을 입은 머리가 희끗한 노인이 목발을 짚으면서 뒤뚱뒤뚱 앞으로 나아갔다. 기준의 심장이 빨리 뛰었다. 어디로 도망치는 걸까.

 그런데 최길중의 행동이 조금 수상했다. 필사적으로 도망쳐도 모자랄 판에 자꾸 누군가를 찾는 것처럼 두리번거렸다. 흡사 경찰이 쫓아오는 것을 모르는 듯한 태도였다. 기준은 발소리를 죽이며 더욱더 가까이 다가갔다.

최길중이 멈췄다. 기준은 재활용 쓰레기 더미 뒤에 숨어 몸을 낮췄다.

노인은 어두운 골목에 대고 낮은 목소리로 누군가와 가만가만 속삭이고 있었다. 대화를 하는 상대는 가로등 불빛 아래 그림자 속에 숨어 있어 얼굴이 보이지 않았다. 아쉽게도 멀어서 두 사람의 대화 내용도 들리지 않았다.

백발노인은 읍소하는 것처럼 보이기도 했고, 실랑이를 하는 것처럼 보이기도 했다. 그 순간 갑자기 어둠 속의 상대가 와락 소리를 내질렀다.

"뭘 몰라! 내가 뭘 모르는데!"

당황한 최길중의 고갯짓이 심하게 좌우를 살폈다.

"차, 창기야. 지, 진정해. 진정해, 이놈아."

창기?

설마 행방불명이라는 아들 최창기를 말하는 건가?

번뜩 머리를 스친 생각에 기준은 서둘러 휴대전화를 들어 녹화 버튼을 눌렀다. 하지만 마음이 들뜬 나머지 휴대전화를 바닥에 떨어뜨리고 말았다.

괴괴한 골목길에 탁, 소리가 크게 울리자 부자는 동시에 기준을 돌아봤다. 기준은 당황해 엄폐물 뒤로 더욱 깊숙이 숨었다. 최창기의 신발이 바닥에 끌리는 소리가 들렸다. 그가 서서히 기준을 향해 다가왔다. 최길중의 가만가만한 발소리와는 다르게 터벅터벅, 느리지만 위압적이었다.

궁지에 몰린 기준이 당황해 안절부절못하다가 문득 자신이 잘못한 건 없다는 사실이 떠올랐다. 개인의 이익을 위한 것이 아니고 보험사기를 잡아내기 위해서라면 괜찮다는 대법원 판례도 있다고 하지 않았는가.

찰나의 순간이지만 떳떳한 행동이라는 생각이 머릿속에 피어나자 기준은 이상하게 용기가 생겼다. 비록 초등학교 2학년 때 따기는 했으나 태권도 검은 띠 유단자라는 사실과, 학창시절 몇 번 있었던 주먹다짐에서 제법 상대와 비등비등하게 겨뤘었던 기억까지 떠오르자 장딴지에 힘이 빡 들어갔다. 더군다나 여차하면 도와달라는 소리에 달려올 강력계 형사들이 지근거리에 있었다.

최창기의 발소리가 그를 찾아오기 전에 기준이 먼저 쓰레기더미 뒤에서 불쑥 일어났다. 그러자 분위기가 급반전되며 상대는 도리어 당황한 듯 반걸음 물러섰다.

"최창기 씨 맞으시죠?"

남자가 반걸음 더 물러섰다. 그때 골목길에서 "최창기!" 하고 외치며 달려오는 형사들이 보였다.

최창기는 아연한 얼굴로 돌아서더니, 황급히 반대 방향으로 냅다 달렸다. 그러자 기준은 무슨 의협심이라도 생긴 것처럼 갑자기 그에게 따라붙었다. 기준은 곧 최창기의 발목을 붙잡고 늘어지며 함께 바닥에 구르고 있는 본인의 모습을 알아차렸다.

최창기의 거친 발길질이 기준의 이마로 쏟아졌다. 머리를 퍽퍽 걷어차는 소리가 둔탁하게 울렸다. 기준은 살기 위해 본능적으로 발목을 놓고 이마를 붙잡으며 웅크렸다. 뜨겁고 진득한 액체가 흘러내리는 느낌이 들었다. 아픔보다는 본인 꼴이 말이 아니겠다는 생각에 얼굴이 화끈거렸다.

덫에서 빠져나가기 위해 발버둥치는 생쥐처럼 최창기는 헐레벌떡 도망쳤고, 그 뒤를 형사들이 쫓아갔다.

반면, 최길중은 도주하려는 시도도 없이 초연히 제자리에 서 있었다. 장애가 있는 다리로 그런 생각을 하는 것조차 부질없다고 느끼는 듯했다.

백발노인은 경찰이 제게 수갑을 채우며 미란다원칙을 읊을 때조차 낯빛 하나 바뀌지 않았고 눈빛 한 번 흔들리지 않았다.

6

 막내 형사가 최길중의 옷과 소지품을 꼼꼼하게 뒤졌다. 꼬깃꼬깃한 천 원짜리 지폐, 백 원짜리 동전 세 개, 경로우대 교통카드, 그리고 하얀 알약이 든 약봉지가 나왔다.
 "이건 뭡니까?"
 "제 염증약입니다."
 최길중이 꼿꼿하게 대답했다. 막내가 미영의 눈치를 살폈지만, 도리질하는 팀장을 확인하더니 약까지 압수해 플라스틱 바구니에 넣었다.
 "휴대전화는요?"
 "……"
 최길중은 모호하게 고개를 저었다. 없다는 것인지, 모른다는 것인지, 혹 말하기 싫다는 것인지 분간할 수 없는 태도였다. 막내는 그의 벨트까지 바구니에 담고 나서 조사실을 나가려다가 벽에 기대어놓은 목발을 쳐다봤다.
 "저건 어떡할까요?"
 "……그냥 세워둬."
 미영은 최길중에게서 시선을 떼지 않고 나지막이 말했다. 막내 형사가 나가자 미영이 입을 열어 조사실의 고요를 깼다.

"휴대전화는 어디에 뒀습니까? 왜 꺼놓으셨죠?"

"……"

최길중은 마치 조사실 안에 혼자만 있는 것처럼 미영과 시선을 맞추지 않고 멍하니 책상 모서리를 응시했다.

"분명히 일전에 아들의 소재는 모른다고 하셨는데, 어째서 오늘 최창기가 살고 있는 고시텔 앞에서 마주친 겁니까?"

"……"

"최길중 씨한테 묵비권이 도움이 될지 모르겠어요. 강선자 씨의 행적을 추적해봤는데 최길중 씨 말고 용의선상에 오를 다른 인물이 없었습니다."

"……"

"막대한 보험금을 받게 되는 수익자. 평소 아내를 때리며 가정폭력을 일삼았던 남편. 사건 당일의 알리바이는 아무도 증명해줄 수 없어요. '술에 취해서 그냥 잠들었다' 정도로 엉성하잖아요? 모든 화살이 다 최길중 씨를 향해 있습니다. 정말 말 안 할 거예요?"

최길중은 그대로 박제된 것처럼 흐리멍덩한 눈을 끔뻑하지도 않았다. 도저히 머릿속으로 무슨 생각을 하고 있는 건지 알 수 없었다. 아니, 어쩌면 정말로 아무런 생각 없이 포기한 걸지도 모른다. 그가 묵비권을 행사해서 얻을 이득이 도통 없었기 때문이다.

"혹시 아들이 이 사건과 연관이 되어 있습니까?"

박제된 듯하던 눈알에 일순간이지만 생명력이 스친 듯 움찔거렸다. 미영은 관록 있는 강력계 형사답게 그 찰나의 동요를 놓치지 않고 압박 질문을 이어갔다.

"최창기 어디에 있는지 아시죠? 왜 만나러 간 거였죠? 말다툼은 왜 했습니까?"

"……"

하지만 최길중은 곧 예의 그 달관한 표정으로 돌아왔다. 미영은 더이상의 취조는 의미 없다고 느꼈다.

최길중에게 생각할 시간을 주기 위해 미영은 조사실을 나와서 관찰실로 들어갔다. 녹화되는 영상을 바라보고 있던 막내 형사가 조심스레 물었다.

"팀장님, 저렇게 말 안 하면 어떡해요?"

"겁나 빡 돌지."

"예?"

"근데 어쩌겠어. 증거로 조져야지."

"어라? 아들 찾으러 간 거 아녔어? 근데 왜 다 늙은 아빠를 데려왔대."

채광의 목소리였다. 그가 비좁은 관찰실로 불쑥 들어오며 말하니 막내 형사가 불편한 기색을 감추지 않았다.

"여기 함부로 들어오시면 안 돼요."

"괜찮아, 여기 직원이었어."

미영이 채광에게 까닥까닥 손짓하며 따라 나오라는 신호를 주었다.

"왜? 어디로 가?"

"……"

미영은 단단히 화가 난 듯 입을 닫으며 묵비권을 행사했다.

채광이 초조한 마음으로 그녀를 따라간 곳은 유치장이었다. 그 안에는 상의가 누더기가 된 기준이 갇혀 있었다. 이마에는 마른 피딱지와 밴드가 덕지덕지 붙어 있고, 한쪽 눈은 시퍼렇게 멍이 든 채였다.

"아니, 오 분석관. 왜 그러고 있어요?"

"공무집행방해."

기준을 향해 물었으나 미영이 딱딱하게 대답했다.

"응? 우리 오 분석관이?"

"우리 애들이 헛발질해서 최창기를 놓친 것도 있지만, 저분이 심하게 초를 쳤어."

"무슨 말이야?"

기준을 살펴보던 채광이 뒤늦게 상처를 알아차렸다.

"아니, 오 분석관 얼굴은 왜 그래요? 너희가 그런 거야?"

"우리가 체포하려던 순간에 저분이 나타나서 최창기를 붙잡다가 맞은 거야."

"엥, 오 분석관 진짜예요? 아니, 내가 미행을 하라고 했지. 언제 공무집행을 방해하면서까지 체포하는데 열을 올리라고 했어요?"

"……"

기준은 아랫입술을 잘근 물 뿐, 채광을 쳐다보지도 않았다. 끓어오르는 화를 다스리는 것처럼 눈을 질끈 감았다가 떴다. 채광은 괜히 머쓱해져서 눈앞에 보이는 것들을 주워섬기며 분위기를 바꾸려 했다. 그때 유치장 안의 높은 칸막이로 둘러싸인 밀폐형 화장실이 눈에 들어왔다.

"야, 유치장 내부에 개별 화장실이 생겼어? 그것도 개방형이 아니라 밀폐형으로? 범죄자 인권 좋아졌다, 야. 여기가 웬만한 모텔보다 낫다. 오 분석관, 진귀한 경험을 다 해보네요."

미영의 손짓에 근무 서던 순경이 유치장 문을 열었고 기준은 아무 말이나 늘어놓는 채광을 지나치며 밖으로 나가버렸다. 그가 시야에서 확실히 사라지자 미영이 채광의 어깨를 주먹으로 툭 건드렸다.

"아무리 형님이라도 이런 식으로 영역 침범하면서 조사하면 힘들다. 경찰을 미행시키는 게 가당키나 하냐?"

"미행이라고 말하면 서운해. 같은 목적이 있으니까 따라간 거지."

"형님, 이번에 나한테 빚진 거야. 명심해."

"아유, 알았어. 김팀, 내가 이거 꼭 만회할게. 우리가 남이냐."

채광이 능청스럽게 너스레를 떨자 미영이 못 당하겠다는 듯이 깊게 한숨 쉬었다.

7

경찰서 밖에는 무심히 비가 내리고 있었다.

30분 정도가 흘렀지만, 최길중은 같은 자세로 움직이지도 않고 조사실 의자에 앉아 있었다. 지그시 눈을 감고 굳게 입을 닫고 있는 모습이 진실을 은폐하기 위해 꼼수를 부리는 잡범처럼 보이기도 했지만, 다른 각도에서 바라보면 꼭 열반에 오르기 위해 수행하는 노승의 모습처럼 사심捨心이 없어 보이기도 했다.

"정말 저 영감이 범인일까?"

채광이 힙플라스크에 입을 대고 홀짝이며 물었다.

"강선자 씨 손톱 밑과 옷에서 최길중의 DNA가 발견됐어."

"그거야 부부가 같이 생활하다 보면 서로 DNA는 자연스레 묻기 마련이지."

"쪽방에서 아내의 비산 혈흔*도 발견됐고, 아내의 시신을 화장하자마자 휴대전화를 버리고 잠수탔어."

"그전에 아내의 부검이 끝나자마자 사망보험금을 청구하기도 했지."

"뭐? 그걸 왜 이제 말해. 하여튼 진짜. 그럼 저 사람이 유력한데 형님이야 말로 왜 이렇게 뜨뜻미지근해?"

"범인이 아닐 가능성을 배제할 수 없으니까."

"뭐야, 이 최 교수 같은 말투는."

"생각해봐. 저 사람 페트병인가 뭐 하는 희귀병에 걸려서 절름발이잖아. 그런데 저 다리로 청계산 거의 정상까지 올라가서 아내를 목 졸라 죽이고 하산했다는 게 말이 돼?"

"의지가 있으면 뭔들 못하겠어. 아들이 도와줬을지도 모르잖아. 경찰의 관심이 자기에게 집중되고 있다는 것을 모르지

---

* 날아서 흩어진 혈흔. 주로 둔기에 의해 생긴다.

않았을 텐데 왜 굳이 고시텔까지 찾아갔겠어?"

"최창기가 공범이다? 그럼 동기가 뭔데?"

"보험금이지."

"강선자가 계약한 모든 생명보험의 수익자는 아들이 아니라, 남편인 최길중으로 되어 있어."

미영이 주억거리며 생각을 정리했다.

"그럼, 최길중이 죽는다면 보험금은 자동으로 아들에게 상속되겠네."

"잠깐만…… 네 말은 부자가 보험금을 노리고 엄마를 같이 죽였는데, 아들이 지금 딴생각을 품었을 거라는 거야?"

"분명히 우리가 쫓아갔을 때, 두 사람이 싸우고 있었어. 최창기가 '뭘 몰라! 내가 뭘 모르는데!'라면서 큰 소리로 따졌거든. 최길중이 뭔가를 숨기면서 아들이랑 관계가 틀어진 거라고 생각해."

"흠."

채광이 단방향 유리창 너머로 최길중을 보더니 재미난 생각이 떠올랐다는 듯 씩 웃었다.

"미영아, 옛날처럼 뻥카 한번 쳐볼까?"

채광은 옆에 앉은 막내 형사를 툭툭 치며 옷을 바꾸어 입자고 제안했다.

8

 채광은 등산복을 벗고 막내 형사의 칼라 티셔츠를 입고 재킷을 걸치고는 경찰서 건물 밖으로 나가더니 그새 거칠어진 빗줄기를 맞으며 한 바퀴 뛰었다. 겉옷이 젖자 머리를 부산스럽게 털며 다시 경찰서로 들어갔다.
 그때 경찰서 담 너머에서 채광의 이런 영문 모를 행동을 지켜보는 이가 있었다.
 이발하지 않아 덥수룩한 머리카락, 두꺼운 뿔테안경, 불쑥 솟아오른 광대와 대조되게 옴팡하게 들어간 볼, 깡마른 팔다리. 볼품없고 왜소한 그는 바로 최창기였다. 다만 경찰서 입구를 노려보는 눈빛만큼은 살기가 가득해 불이라도 뿜을 듯 부리부리했다.

 채광은 재빠르게 조사실 문을 열고 헐레벌떡 뛰어들어갔다. 보란 듯이 머리에 묻은 빗물을 거칠게 팍팍 털자 최길중이 의아한 눈으로 올려다봤다.

"아우, 무슨 비가 이렇게 많이 온대냐. 안녕하세요? 또 뵙습니다, 최길중 님."

"……"

"어제 화장터에서 뵀었죠. KS생명보험사 SIU팀 서초 섹터를 담당하는 안채광 조사실장입니다. 저한테 대리인 위임장 써주셨잖습니까."

"……"

여전히 경계심을 늦추지 않으며 현재 상황을 파악하던 노인의 시선이 조사실의 단방향 유리를 향했다. 그때 반대편 관찰실에 있던 미영이 스위치를 딸깍 내렸고, 조사실을 비추고 있던 카메라의 빨간 전원등이 꺼졌다.

"카메라 꺼진 거 보이시죠? 녹화가 안 되고 있다는 말씀. 워낙 최길중 님과 연락하기 힘들어서 찾아 헤매다가 물어물어 여기 계시다는 말을 듣고 재빨리 달려와 경찰에게 양해를 구했습니다."

"……"

최길중이 꺼진 카메라를 의구심 가득한 눈으로 흘겨봤다.

"정말입니다. 지금은 녹화중이 아니에요. 저는 보험 업무차 잠깐 여기 들어온 것뿐입니다. 그러니까 저희가 지금 나누는 대화는 경찰 수사에는 영향을 미치지 않는다는 점, 다시 한번 명확히 알려드리고……"

분주하게 보험 서류를 꺼내던 채광이 갑자기 숨이 너무 차서 힘들다는 식으로 가슴을 툭툭 두들겼다.

"아우, 급하게 뛰어왔더니. 저 물 좀 먹고 와도 되죠?"

채광은 서류를 대충 펼쳐놓은 채로 조사실 문을 벌컥 열고는 복도로 나가버렸다.

최길중은 긴장한 것처럼 흠 들숨을 쉬더니 단방향 유리, 카메라, 채광이 열어놓고 나간 문을 살폈다. 상황이 어떻게 돌아가는지 빠르게 파악하려는 것 같았다. 생각보다 긴 시간 동안 채광이 돌아오지 않자 책상 위의 보험조사 서류로 시선이 힐끔힐끔 갔다.

미영은 관찰실에서 이 모든 상황을 지켜보며 수상한 점을 찾고 있었다. 때마침 채광이 개운한 얼굴로 들어오자 최길중이 조용히 헛기침하며 고개를 휙 돌렸다.

"자, 어디서부터 말씀을 드려야 할까. 최길중 님께서 듣기에 조금 불편한 얘기일 수도 있을 거예요. 그런데 그사이 성대를 다치신 건가요? 말씀이 없으시네요."

"……"

"뭐, 좋습니다. 빨리 KS생명의 현재까지의 입장만 전달하고 가겠습니다. 일단 이것 먼저 보시면……"

S대 최 교수가 작성한 부검감정서의 마지막 페이지에서 '참고사항'이라고 적힌 부분을 펼쳐 앞으로 밀었다. 채광은 노란색 형광펜으로 '……**자살의 가능성을 배제할 수 없으니**……'라고 쓰인 문장에 밑줄을 찍찍 그으며 사무적인 말투로 이어갔다.

"법의학자가 자살일 수도 있다는 의견을 주셨어요. 참고로 최 교수님은 우리나라 법의학자 중에서 가장 저명하신 분이라 대법원에서 가장 많은 증인 신문을 해주시는 아주아주 공신력 있으신 분입니다. 자, 다음은 여길 보시면……"

'생명보험 표준약관'이라고 인쇄된 책자를 펼치고 앞으로 들이밀며 문구를 큰소리로 읽었다.

"제5조 보험금 지급하지 않는 사유. **보험사고가 피보험자의 고의 또는 중대한 과실로 인하여 생긴 때에는 보험금액을 지급할 책임이 없습니다.**"

노란색 형광펜이 문장 아래에 두 줄씩 그어졌다.

"고 강선자 씨께서 저희 KS생명에 가입하신 보험계약기간이 2년을 넘지 않았기 때문에, 예외 사항에도 적용되지 않아 이 항목을 그대로 적용받습니다."

채광은 열심히 설명을 마치고 형광펜을 내려놓으며 상대방이 입을 열기를 기다렸다. 최길중은 알아들었는지 못 알아들었는지 여전히 대꾸가 없었고 그저 끔뻑끔뻑 눈을 깜빡였다. 불편하고 어색한 정적이 조사실을 채웠다.

채광의 재킷 소매에서 떨어진 빗물이 부검감정서를 적셨다.

"아우, 다 젖었네. 백 년만의 장마라고들 난리더니. 자! 요약을 하자면요. 저희 KS생명보험사는 고 강선자 씨의 사망 원인을 자살로 판단하여 생명보험금을 지급하지 않을 수도 있다는 말씀입니다."

"……"

최길중의 입가가 움찔했다. 말을 하려다 마는 듯이.

그가 속아넘어간 걸까?

채광은 눈앞의 무표정한 노인을 훑어보며 판단했다. 보험금을 받지 못할 것이란 얘기를 듣자마자 분명히 미세한 반응을 보였다. 조금만 더 자극하면 입을 열지도 모른다.

"물론, 조사를 더 해봐야겠지만요. 지금까지 진행 상황이 그렇단 말입니다. 만약 이대로 결론이 나게 되면 최길중 님이 보험금을 주장할 수 있는 방법은 청구 소송이기 때문에 준비하실 거라면 변호사를 미리 알아보셔야 해요. 이상입니다."

채광은 서류들을 한데 모아 서류가방에 넣었다. 그러곤 부검감정서를 일부러 과장스럽게 책상 위에 탁탁 치며 일어났다.

"그럼, 이만."

채광이 깍듯하게 허리를 숙인 뒤 조사실에서 나가려는 그때……

"조사관님."

최길중이 불쑥 입을 열었다. 오랜 시간 입을 다물고 있다가 첫 목소리를 내는지라 쇳소리가 섞였다.

걸려들었어.

채광은 생각했다. 하지만 달뜬 마음을 티 내지 않으려 느긋하게 돌아섰다. 이 상황을 통제하고 우위를 점하고 있는 쪽은 자신이라는 듯.

"네, 말씀하세요."

"밖에 비가 많이 옵니까?"

"……네?"

그의 뜬금없는 질문에 채광은 머리를 굴리며 말의 속뜻을 파악하려 했다. 그리고 최길중의 눈을 지그시 바라보다가 무언가를 깨닫고는 피식 웃었다.

이 의뭉스러운 노인이 자신을 떠보고 있는 것이다.

"적당히요. 이를테면 현장에 있던 모든 증거들이 다 쓸려내려가지는 않을 정도?"

"……"

채광이 역으로 떠봤지만 최길중은 다시 입을 잠그며 덤덤한 표정을 지었다.

9

"캬! 내 연기 봤어? 저 영감 지금 머릿속이 아주 복잡해서 터질 거야."

채광은 관찰실로 들어가자마자 자기만족에 취해 주저리주저리 떠들었다.

"원래는 아내를 완전범죄로 죽이고 어마어마한 보험금을 받을 계획이었는데, 갑자기 아내가 자살이라서 보험금을 못 받을 것 같다는 말을 들으니까 심장이 얼마나 철렁 내려앉겠어."

"형님, 그렇다고 부인을 자살로 몰면 어떡해."

"최 교수가 그렇게 정말 썼으니까 거짓말을 한 건 아니지. 저 영감이 마지막에 나 떠보는 거 봤어? 살해 도구를 찾았는지 못 찾았는지 쓱 떠본 거잖아. 예상보다 수사망이 좁혀오니까 쫀 거야. 범인이 아니라면 그런 질문을 왜 하겠어?"

"그러게, 어쨌든 입을 떼게는 했네."

볼멘소리를 하던 미영도 그 점은 인정하고 수긍했다.

"최길중이 범인이야. 기껏 쇼 다 했는데 보험금을 못 받게 될 거라면 지금 자기가 저기서 뭐 하고 있는 건지 자괴감에 엄청 흔들릴 거야. 몇 시간만 저기 있으면 멘털 털려서 자백하게 될걸."

 진짜로 채광이 들어갔다 나온 후, 최길중의 모습이 달라졌다. 본인은 의식하지 못하고 있겠지만 손가락을 무릎 위에서 두들기기도 하고 다리도 조금씩 떨었다.

 "저 답답한 영감 뒷조사는 좀 해봤어?"

 "응, 최길중은 5년 전까지만 해도 인천에서 작은 도금공장을 운영했었어. 자동차나 선박에 들어가는 볼트류 부품에 합금으로 도금하는 하청 공장. 그때 별명이 '꼼꼼 박사'였대. 같이 일해본 사람들 말에 따르면, 모든 과정마다 너무 꼼꼼하게 고민하다가 도리어 중요한 의사결정을 내려야 할 때 시간이 지체되어서 문제가 생긴 적이 여러 번 있었다는 거야."

 "꼼꼼 박사가 아니라 '답답 박사'처럼 들리네. 그래서 공장이 망한 거야?"

 "다른 이유야. 땅이랑 공장을 담보로 빚을 많이 냈었나봐."

 "에이, 조심 좀 하지."

 채광은 귓등으로 들으며 기지개를 켰다.

 "아우, 역시 야근은 힘들어. 얼른 퇴근해야지. 너도 얼른 들어가. 유경이 맨날 집에 혼자 있겠네."

 "형님, 마침 잘 말했다. 안 그래도……"

 미영이 채광을 스리슬쩍 관찰실 구석으로 몰며 소곤거렸다.

"부탁할 게 있는데……"

"어째 불안하다."

"유경이 학폭위원회가 열린대. 그…… 학부모 자리에 나 혼자 앉아 있으면 보기가 좀 그렇잖아. 그래서, 같이 가주면 안 될까요?"

"갈게."

채광은 흔쾌히 대답했다.

"난 또 돈 빌려달라는 건 줄 알았네. 어렵지도 않지. 유경이한테 채광 아저씨가 가준다고 전해."

"……고마워."

"고맙기는, 너도 내 아들 잘 돌봐주는데."

"내가 돌봐주는 건가? 영사관에 나가 있는 후배가 돌봐주는 거지."

"근데, 미영아. 넌 꼭 아쉬운 소리 할 때만 존댓말 하더라."

"내가 그랬나? 전혀 모르겠네."

미영이 시치미를 뚝 떼고 새초롬한 미소를 풍기며 돌아서자 채광도 피식 웃었다.

10

 자정을 넘긴 시간이라 경찰서 앞마당은 조용했다. 채광은 뻐근한 목을 돌리며 로비에서 나오다가 익숙한 뒷모습을 보고 흠칫 놀랐다.

 "아니, 오 분석관 퇴근 안 했어요?"

 초췌한 기준이 휙 돌아보며 호전적인 태도로 일어났다.

 "전 아무래도 정식으로 사과를 받아야겠습니다."

 "뭘요? 아아, 오늘 좀 고된 하루였죠? 고생했어요. 보험조사라는 게 원래……"

 채광이 대충 어르면서 위스키의 마지막 방울까지 섭취하기 위해 혀 위로 힙플라스크의 병 입구를 털고 있자 기준이 다가와 술병을 낚아챘다.

 "이번에도 얼렁뚱땅 넘어갈 생각은 하지도 마십쇼. 안 실장님의 정식 사과를 받아야겠습니다."

 "뭐 해요, 술병 내놔요."

 "업무시간입니다. 술 좀 그만 드시고요!"

 기준이 핏발 선 눈으로 쏘아봤다. 씩씩거리는 아래턱에서 달그락 떨리는 소리가 날 정도였다.

"내가 오 분석관한테 뭘 잘못했다는 거죠?"

"제가 왜 이틀 동안 이런 꼴을 당해야 하는 건지 설명 좀 해 보시죠!"

"하, 내가 미행까지만 하라고 했지. 언제 범인을 추격하고 되지도 않는 실력으로 체포까지 하라고 했나."

"……"

"우리 솔직해집시다, 오 분석관. 성과 내고 싶었던 거잖아. 정의감? 이런 거 아니잖아요. 개인 욕심으로 인해서 벌어진 일에 왜 내 사과가 필요한 거죠?"

"……"

부르르 떨던 기준은 팔을 번쩍 추켜올리더니 술병을 바닥을 향해 있는 힘껏 내리꽂았다. 쨍그랑, 날카로운 소리가 울리며 병뚜껑이 주차장 쪽으로 튕겨나갔다. 이제껏 기준의 행동을 어린 신입 직원의 치기 정도로 여겼던 채광도 더이상 참지 못하고 눈을 부라렸다.

"미쳤어?"

"그래, 미쳤다! 내가 술 취한 망나니 수발들려고 그렇게 열심히 공부해서 KS생명에 들어온 줄 알아?"

채광이 기준의 명치를 검지로 툭툭 밀었다.

"이것저것 시키는 건 모범생처럼 잘 하는 것 같더니 이제야 본색을 드러내네. 말도 까고 아주. 내가 네 친구야?"

"그렇다고 내 직속 상사도 아니잖아!"

"보자 보자 하니까, 이 건방진 어린놈 새끼가!"

채광이 먼저 멱살을 잡았고, 기준은 질세라 상대방을 안다리걸기로 넘어뜨렸다. 두 사람은 중앙로비 앞의 계단을 우당탕 굴러가 회양목 수풀까지 곤두박질쳤다. 두 사람의 머리와 옷이 흙탕물에 뒤범벅되는 바람에 꼴이 말이 아니었다.

노련한 기술과 무술 실력을 갖춘 쪽은 채광이었으나 술기운에 육체를 또렷이 통제하지 못했다. 그렇다고 기준이 우세를 점할 만큼 완력이 좋은 것도 아니어서 헛발질과 헛손질이 난무하며 볼품 사나웠다. 서로가 서로의 목깃을 잡고 계속 구르기만을 몇 분, 결국 제풀에 지친 두 사람은 보도블록에 누워서 헉헉대며 숨을 몰아쉬었다.

"끙, 따라와."

채광이 먼저 일어나며 부슬비 속으로 걸어갔고 기준도 따라서 일어섰다.

11

"하…… 또 술입니까?"

기준이 둘밖에 없는 포장마차를 빙 둘러봤다. 채광이 채근하며 더러운 플라스틱 의자를 권했다.

"아이, 그럼 남자끼리 부끄럽게 맨송맨송한 정신으로 뭔 얘길 하나. 일단 앉아봐."

그는 휴대전화로 어딘가에 전화를 걸면서 대답했다. 예의 '61'로 시작하는 국가번호와 이어진 같은 전화번호. 하지만 상대가 여전히 응답하지 않자 통화 종료 버튼을 누르며 잔에 소주를 가득 따랐다.

"정말 안 마셔?"

"업무시간에 술 안 마십니다."

"아유, 그놈의 업무시간, 업무시간. 지금은 퇴근 시간이니까 한잔해."

"취하는 것도 싫고, 취하는 걸 보는 건 더욱 싫습니다."

"그럼 이렇게 해."

채광이 좋은 생각이 번뜩 떠오른 것처럼 히죽거렸다.

"술게임을 해서, 지는 사람이 벌주를 마시는 거야. 왜? 자신

없어?"

승부욕을 자극하는 아주 적절한 제안이었는지 지금까지 방어적이던 기준이 팔짱을 풀었다.

"자신이 없긴요. 뭔데요?"

"간단해. 내가 오 분석관에 관해서 맞히면 그대가 한 잔 마셔. 만약에 틀리면 내가 한 잔 마실게."

"……"

"그럼 하는 거다. 오기준 분석관은 유복한 집안에서 청소년기를 보냈어. 어쩌면 유학파?"

"……"

소주잔을 유심히 내려다보던 기준이 잔을 잡고 입에 소주를 부었다. 채광이 씩 웃으며 쉴 틈을 주지 않고 게임을 이어갔다.

"이제야 좀 파트너 같네. 그런데 오 분석관은 유학생활에 적응을 잘 못했어. 이를테면 왕따를 당한 거지. 성격이 아주 깐깐하고 피곤했거든."

"깐깐한 게 아니라 섬세한 거였습니다만."

기준은 한 잔 더 마셨다. 몇 년 만에 마셔보는 술인지 혀뿌리에서 신물이 올라와 역했지만 꿀꺽 삼켜냈다. 지금 죽기보다 싫은 것이 있다면 눈앞의 재수없는 조사실장에게 술로 지는 것이다.

"오 분석관은 깔끔해야 한다는 강박이 있어. 유추해보자면 어린 시절의 트라우마 같은 거겠지? 깨끗하지 않으면 혼났다든가, 혹은 깨끗해야만 하는 가풍이 있었다든가."

"……"

기준은 인정한 뒤 또 마셨다. 신이 난 채광이 싱글벙글 웃으며 말했다.

"원칙주의자 중에서도 지독한 원칙주의자야. 부유한 성장기를 보낸 사람들이 대개 그렇거든. 왜냐하면 자신의 원칙을 어길 만큼 가난한 상황을 마주할 일이 없어봤으니까."

"드시죠."

"뭘?"

천진하게 웃던 채광이 움찔했다.

"틀렸습니다. 초등학교 때 어머니와 미국 유학을 갔고 아버지는 한국에서 10년 가까이 기러기 생활을 하셨습니다. 그런데 고등학교에 올라간 해에 아버지 사업이 크게 망해서 가족이 다 한국으로 돌아왔습니다."

"뭐, 그 정도 구김살 없는 인생이 어디 있어."

이번에는 채광이 벌주를 마셨다.

"방 다섯 개 있는 집에서 살다가 원룸에서 세 가족이 붙어살게 되었고 어머니는 식당 주방에서, 아버지는 공사장 야간

경비로 일하시며 채권자들에게 매일매일 시달렸습니다. 그 이후부터 항상 술을 입에 달고 사셨죠. 행복했던 가족이 서로 얼굴을 마주하기만 하면 물어뜯는 원수가 되었습니다. 제가 원칙을 지키는 건 제 신념이기 때문입니다. 모든 행동에 가난했기 때문이라는 핑계를 대며 살고 싶지 않습니다."

기준은 이 순간을 벼르고 벼르다 속에 있던 말을 다 해야겠다고 작심한 듯 멈추지 않았다. 정색하고 내뱉는 기구한 인생사에 채광은 겸연쩍어졌다.

"……뭐, 그래."

"이번엔 제가 실장님에 대해 맞혀보겠습니다."

"응? 재밌겠네. 대신에 이건 벌주가 두 잔씩이야."

"실장님의 명품 옷은 아무리 연봉이 높다 해도 쉽게 살 수 있는 수준이 아닙니다. 그렇다면 원래부터 금수저 집안에서 태어났단 얘기겠죠."

채광이 두 잔을 연거푸 마셨다.

"그래도 열심히 벌어야 해. 가족이 있으면 나가는 돈이 또 많단 말이지. 더 해봐."

"보험사로 이직한 것도 스스로 원해서라기보다는 아마 경찰 조직 내에서 따돌림을 당한 거겠죠. 같이 일하기 엄청 피곤했거든요."

"크…… 다네, 달아."

도합 네 잔을 급하게 몰아 마시자 채광의 안색에 붉은 기운이 빠르게 퍼져나갔다. 무심히 내려놓은 잔이 바닥으로 떨어지자 기준이 주워 탁자 위에 올려놓았다.

"이제 그만 드시죠. 취하신 것 같은데."

"아냐, 더 해봐."

채광의 목소리가 낮게 깔렸다.

"……밝고 유쾌한 척하지만 매일 이렇게 술을 달고 산다는 사실을 보면, 굉장히 외로우신 분입니다. 친구도 없을 테고요."

채광은 또 두 잔을 따라서 마셨다. 혼자서 소주 한 병을 거의 10분 만에 비운 셈이다. 그의 혀가 알코올을 이기지 못하고 꼬여갔다.

"또."

"그만하죠."

"아냐, 더 떠들어봐. 나도 본사 엘리트 분석관의 분석 스킬 좀 보자고. 더 해봐, 오기준."

채광이 날을 세우며 도발하자 기준도 오기가 생겨 멈출 수가 없었다.

"……어쩌면 실장님 아내는 외도를 하는 걸 수도 있습니다. 유학하면서 그런 집안 많이 봤거든요. 계속 국제전화를 걸어도 받지 않는 걸 보면 추측할 수 있죠. 물론 실장님도 알고는 계시겠죠. 그런데 본인 스스로를 속이는 로직을 만들고 있어요. 자기기만이라고 하죠."

"후……"

뜨뜻한 입김이 채광의 삐뚤어진 입에서 튀어나왔다.

"좆같네."

"이 건만 끝나면 퇴직한다고 들었습니다. 가족한테 가시려는 거죠? 그런데 오랜 시간 집을 비운 아버지를 가족은 절대 환영하지 않을 겁니다."

"조옺…… 같네……"

채광이 깊은 탄식을 내뱉더니 그대로 고개를 떨어뜨렸다. 플라스틱 탁자 위로 이마를 처박고 엎어지면서 어깨에 힘이 쭉 빠졌다. 기준은 이미 그가 자신의 말을 듣지 못하고 있다는 사실을 알았다. 그럼에도 뒷말을 덧붙였다.

"제가 그랬으니까요."

과거를 반추하듯이 혹은 후회하듯이.

"반은 계산하고 가겠습니다. 내일 뵙겠습니다."

기준이 일어나자마자 채광이 말리려는 듯이 손사래를 치다가 갑자기 닭똥집 그릇을 붙잡고 쭉 미끄러지더니 바닥에 쓰러졌다. 자는 건지 죽은 건지 움직임이 없었다. 기준은 널브러져 있는 채광을 보며 망설였다. 아무리 그래도 직장 선배인데 길바닥에 버리고 갈 수는 없었다.

결국 만취한 사람과 스무고개 하듯이 힘겹게 주소를 얻어내어 택시를 타고 그의 집안까지 부축해주어야 했다. 채광은 한쪽 벽을 가득 채운 통창 너머로 테헤란로가 내려다보이는 거실이 있는 고급 주상복합 아파트에서 살고 있었다. 대리석을 얼마나 좋아하는지 바닥부터 식탁까지 죄다 천연대리석이었다.

하지만 깔끔한 가구와 인테리어에 반해 꼭 모델하우스에 와 있는 것처럼 집안에는 적적하고 냉랭한 기운마저 감돌았다. 아무래도 살림살이가 하나도 채워져 있지 않아서일 것이다. 그나마 사람의 손을 탄 것은 가득 채워져 있는 와인셀러와 그 옆에 위스키가 오와 열을 맞춰서 빼곡히 들어 있는 찬장뿐이었다.

기준은 힘들게 거실 소파 위로 채광을 눕혔다. 이 중년의 남자는 무슨 꿈을 꾸는지 배시시 웃으며 잠꼬대를 했는데 그 모습이 밉살맞아 빨리 집에서 나가고 싶었다.

기준은 돌아서다가 대문짝처럼 큰 가족사진이 거실 한가운데에 걸려 있는 것을 알아차렸다. 몇 년 전에 스튜디오에서 촬영한 것처럼 오래된 세피아 톤의 배경 앞에 채광, 그의 아내, 그리고 아들인 듯한 남학생이 해맑게 웃고 있었다.

"촌스러워."

기준은 잠들어 있는 채광이 들으라는 식으로 소회를 밝히며 집을 나왔다.

1

 채광이 전화벨 소리에 번쩍 눈을 떠보니 한낮이었다. 간밤에 포장마차에서 기준과 술을 마신 사실은 기억나는데, 어떻게 집까지 온 것인지 떠오르지 않았다. 다행히 큰 사고를 치지는 않은 것 같기도 하고……

 하지만 채광은 진동으로 날뛰는 휴대전화를 받자마자 곧 그 생각이 틀렸다는 것을 깨달았다.

 ― 형님! 왜 이렇게 전화를 안 받아! 오고 있는 거니?

 스피커를 통해 넘어온 미영의 목소리는 귀퉁이라도 올려붙일 기세로 얼얼했다. 채광은 곧바로 정신을 차리고 바닥에 널린 옷을 주워 입었다.

채광이 서둘러 달려간 곳은 바로 한 교육지원청. 그는 남자 화장실로 달려가 급하게 면도하고 매무새를 단정히 했다. 미영에게 타박을 듣기 전에 마음가짐도 정갈히 할 겸 큰 볼일까지 보고 있었는데, 불현듯 화장실로 낯선 남자 두 명이 들어왔다. 그들은 아무래도 화장실에 아무도 없다고 착각한 듯 대화를 편하게 주고받기 시작했다.

"애 엄마가 강력계 형사라나 뭐라나. 이혼녀래요."

"배움이 짧은 집안이라 딸 주먹이 먼저 나갔나보네."

"그러니까요. 아시다시피 제 딸이 얼마나 조용하고 모범적입니까."

"심의위원 몇 번 들어가보니까 문제아는 꼭 부모가 문제더라고요. 어떤 엄마일지 보이네요."

"맞아요. 생각해보면 우리 어렸을 때도 꼭 이상한 애들은 편모가 많았잖습니까."

"하하, 그러네요."

"아무튼 잘 좀 부탁드리겠습니다."

채광은 두 남자가 지껄이는 대화 내용으로 유추해보건대 한 명은 유경과 싸운 학생의 아버지고, 다른 이는 학부모 심의위원 중 한 명일 것이라고 짐작했다.

채광이 남자화장실에서 나오자 미영이 팔짱을 낀 채로 눈을 모로 떴다.

"형님, 하마터면 진짜 늦을 뻔했어."

"쏘리, 쏘리. 근데 맞춰서 왔잖냐."

채광은 엄마 옆에서 도축장에 끌려온 송아지처럼 죽상을 짓고 있는 유경에게로 말머리를 돌렸다.

"준비됐지?"

"아저씨, 나 비굴해지기 싫어. 이유가 어찌 되었든 나도 때리긴 했으니까 그 부분은 달게 벌을 받을래."

"유경아, 학폭위라는 건 사실 미국 영화에 나오는 배심원 제도 같은 거야. 위원장은 힘이 없어. 위원 중에 학부모가 많기 때문에 결정을 좌지우지할 힘이 있단 말이야. 법리를 따지는 것처럼 말하지만 대개 이빨 센 엄마아빠들 입김으로 처분이 나온단 말이지. 어차피 너네는 쌍방인 것 같으니까 잘잘못을 따지기 전에 눈 딱 감고, 자존심 버리고, 감정에 호소하면 돼."

"싫어."

"이거 생활기록부에 남으면 예술고 진학 힘들어져. 너 연기자 하고 싶다며. 이참에 연기한다고 생각해. 메소드 연기."

"아저씨, 다 참기에는 내가 또 억울해. 왜 내 말을 안 들어? 몇 년 동안 내가 얼마나 참다 참다 머리끄덩이 잡은 건데. 초등학교 때부터 아빠 없다고 놀리고, 빌라 산다고 놀리고, 내가 지보다 예쁘니까 아니꼬워서 놀리고."

"……뭐?"

미영은 처음 듣는 얘기에 놀랐다. 사실 담임의 전화를 받았을 때 자신의 귀를 의심했었다. 딸이 다른 학생을 때렸다는 것이다. 물론 유경은 어릴 적부터 왈가닥에 작은 일에도 욱하는 다혈질이긴 했지만, 절대 다른 사람을 때릴 아이는 아니었다.

미영은 이혼 후 홀로 아이를 키우며 남들에게 손가락질받을 만한 행동을 하지 못하도록 딸을 엄하게 양육해왔다고 자부해왔다. 하지만 담임에게 소식을 들은 것과 같은 날 지구대 순찰팀장에게까지 전화를 받았을 때는 현실을 받아들일 수밖에 없었다. 유경이 지구대에 잡혀 왔던 것이다. 피해학생과 학교 밖에서까지 실랑이를 벌이다가 편의점 기물을 파손했다는 신고가 있었다고 했다.

그날 도저히 시간을 낼 수 없어 채광에게 부탁해 대신 귀가를 시켰고, 집에 가서 진지하게 대화해보자고 마음먹었다. 하지만 바쁜 업무 때문에 딸과 속이야기를 나눌 시간이 쉬이 나지 않았다. 자기 전에 잠시 마주쳐도 그저 다그치기만 했을 뿐 지금처럼 속뜻을 물어본 적이 없었다. 그래서일까. 충격은 쉽게 가시지 않았다.

"걔가 뭐라고 했다고? 왜 이런 얘기를 엄마한테 안 했어?"

"……"

유경은 아뿔싸 싶었는지 입을 다물었다. 채광은 그 이유를 알았다. 그가 아는 유경이라면, 엄마가 상처받을 것을 알기 때문에 지금까지 비밀로 해왔을 것이다. 겉보기에는 껄렁해 보여도 은근히 속이 깊은 아이다.

"배유경, 엄마 눈 똑바로 봐."

"또 취조한다. 왜? 뭐?"

"아빠가…… 없다고 놀림받았어?"

"……"

그때, 학폭위원회가 시작된다는 직원의 안내가 있었다. 결국 미영과 유경은 어색한 분위기를 수습하지 못한 채 입장했다.

2

법정처럼 디귿 자로 배치된 책상 뒤에 여덟 명의 심의위원들이 두 줄로 앉아 있었다. 피해자 측 자리인 왼쪽 줄에는 팔에 깁스를 한 여학생과 부모, 변호사가 앉아 있었고, 채광과 미영 일행은 오른쪽 책상에 앉은 채 위원회가 시작되기를 기다렸다.

채광은 심의위원들을 둘러봤다. 근무복 차림의 경찰, 변호사인 듯한 인상에 정갈한 정장을 입은 사내, 교육청 공무원, 그리고 학부모 위원 셋이었다. 화장실에서 수군거렸던 위원 중 한 명이 저기 앉아 있을 테지.

중심에 자리한 학생주임과 담임이 간단하게 자기소개를 한 뒤 곧바로 위원회가 시작되었다.

피해자 측 부모의 주장은 이러했다. 쉬는 시간에 유경이 시비를 걸어서 말다툼하다 밀었는데, 자신의 딸이 넘어지다가 인대를 다쳤다. 딸이 학원 끝나고 편의점에서 라면을 먹고 있는 유경을 찾아가서 사과를 요구했지만, 유경은 도리어 젓가락을 던지며 몸싸움을 일으켰다는 것이다.

유경도 자신의 입장을 호소했지만, 어쩐 일인지 위원회가 이어질수록 퇴직한 교사로 추정되는 나이 든 위원장은 유경의 의견을 듣고 있지 않는다는 느낌이 들었다.

"저희도 학폭위를 열고 싶은 생각은 없었지만, 가해학생이나 그 부모, 아, 혼자라고 하셨지. 아무튼 엄마로부터 그 어떠한 진정어린 사과를 받은 적이 없거든요."

남자화장실에서 수군거렸던 다른 목소리의 주인공, 상대 학생의 아빠였다. 뺀질거리는 말본새와 위선적인 표정을 보자 채광은 부아가 치밀었다. 하지만 아직은 자신이 나설 때가 아니었으므로 지켜보기만 했다.

"사실입니까?"

위원장이 유경에게 물었다.

"……"

"피해학생은 가해학생과 그 부모가 진심을 담아 사과하면 넘어갈 용의가 있다고 했습니다. 어떻게 하시겠습니까?"

채광의 말마따나 메소드 연기를 선보이며 잠자코 있는 줄 알았던 유경이 인내심의 바닥을 느낀 듯 갑자기 벌떡 일어났다.

"쟤가 초등학교 때부터 저를 놀리고 왕따시켰다니까요. 제가 피해자라고요. 제가 먹는 급식에 침도 뱉고, 체육복도 숨기고, 교과서도 찢어놓고, 저 빼고 단톡방 파서 희희낙락거리고!"

유경이 더이상은 못 견디겠다는 듯이 폭주하며 삿대질까지 더해 항의하자, 미영은 유경의 팔을 끌어당기며 어떻게든 딸을 앉히려 했다.

"진정하고 앉아."

"엄마! 저년 팔도 나 때리려다가 지가 헛스윙해서 사물함에 부딪쳐가지고 다친 거야! 내가 언제 널 밀었어? 그리고 편의점에서 네가 먼저 내가 먹는 라면에 침을 뱉었으면서 무슨 사과를 요구했다고 거짓말을 쳐? 넌 내 머리끄덩이 안 잡았어? 엉? 편의점 테이블도 네가 쓰러지다가 망가뜨린 걸 왜 나한테 지랄이야!"

"배유경, 입 안 다물어!"

미영은 욱하고 치밀어오르는 화기를 참지 못하고 책상을 쾅 내려쳤다. 그 기세가 얼마나 대단했던지 위원장은 중재해야 한다는 사실을 잊은 것처럼 두 눈을 끔벅거리기만 했고 다른 위원들도 그저 입을 벌리고 쳐다만 봤다.

미영은 곧 후회하며 손으로 이마를 감쌌다. 이대로라면 유경에게 전혀 득이 될 게 없는 상황이었다. 아니, 도리어 독이 될 게 뻔했다.

시종일관 가자미눈을 뜨며 분위기를 살피던 채광은 드디어 자신이 구원투수처럼 등판할 적기라고 여기며 벌떡 일어났다. 채광은 성큼성큼 앞으로 걸어가더니 모두의 시선이 쏠리는 책상 한가운데 섰다. 그러고는 갑자기 넙죽 큰절을 하며 바닥에 엎드렸다.

"뭐, 뭐 하세요?"

위원장도 놀랐지만, 더욱 당황한 것은 미영이었다. 그녀가 복화술로 "뭐 하는 거야. 빨리 일어나" 하고 다그쳤지만 채광은 아랑곳하지 않고 자신의 연기를 발전시키며 흐느낌까지 더했다. 진정한 메소드 연기였다.

"제가 대표해서 사과하겠습니다. 유경이는 아직 어려서 아무것도 모릅니다. 죄가 있다면 저에게 돌을 던지십쇼. 일이 이 지경이 된 것은 모두 제 부덕의 소치입니다."

"그런데 저, 정확히 누구시죠?"

위원장이 난색을 표하며 질문했다.

"유경이는 어릴 때부터 제가 친딸처럼 돌봐온 아이입니다. 저한테는 마음으로 낳은 자식이나 마찬가지입니다. 낳은 정보다 기른 정이라고 많이 가르치려고 했지만, 뜻대로 되지 않았습니다. 죄송합니다!"

채광은 마치 왕에게 통촉을 바라는 신하처럼 읍소하더니 벌떡 일어나서 피해자 측을 향해 다시 머리를 조아렸다.

"저를 욕하세요! 제가 부족해서입니다! 치료비는 모두 부담하겠습니다! 진정어린 사과? 제가 백 번이고 천 번이고 하겠습니다."

이번엔 심의위원에게 돌아섰다.

"제가 앞으로 이런 일이 없도록 하겠습니다! 저를 봐서라도 꼭 선처해주십쇼! 이 아비의 슬프고 참회하는 눈물을 제발 모른 척하지 말아주세요! 제발 좀 굽어살피어주세요!"

채광은 차가운 바닥에 머리를 쿵, 소리가 나게 찧으며 엎드렸다. 훌쩍이는 와중에 가늘게 뜬 눈으로 주변을 힐끔거리며 동태를 살피는 것도 잊지 않았다. 그들의 표정에서 당혹감과 놀라움, 그리고 이 정도로 납작 엎드렸는데 넘어가줘야 하지 않겠느냐는 생각들이 머릿속에서 피어나고 있다는 것을 확실히 느낄 수 있었다.

피해학생(유경의 말에 따르면 사실 오랫동안 교묘하게 자신을 괴롭혀온 가해학생)의 가족들이 떨떠름한 기색으로 채광 일행을 지나쳐 갔다. 채광은 곰살맞게 한 명 한 명의 손에 일일이 주스를 쥐여주며 배웅했고, 그들이 탄 고급 승용차가 주차장을 떠나자 긴장이 풀린 듯 한숨을 내뱉었다.

"아우, 맨정신이었다면 이렇게까지는 못했다. 술이 덜 깬 게 이럴 땐 도움이 되네."

채광이 이마에 송골송골 맺힌 땀을 소매로 닦아내고 넥타이 매듭을 느슨하게 풀며 말했다. 나름 큰 공을 세웠다는 기분이 든 탓인지 불어오는 꿉꿉한 바람마저 선들바람처럼 상쾌했다.

학교폭력위원회는 한번 더 열리기로 합의되며 일단락되었다. 다음 심의 때 유경이 제대로 반성하는 모습을 보이면 생활기록부에 남지 않는 처분만 받고 상대측이 소송을 거는 사태까지는 가지 않을 것이다. 채광이 이토록 수고해줬는데도 유경은 감사하다는 말도 없이 토라진 듯 팔짱을 끼며 앞서갔고, 미영이 답답해하며 소리질렀다.

"유경! 어디가?"

"학생이 학교 가지!"

"하, 저 싸가지 진짜 누굴 닮아서 저러냐."

'널 닮았지'라고 생각했지만 채광은 빙긋 미소만 지었다.

"질풍노도잖아, 이해해."

"형님, 오늘 일 말이야……"

"됐어, 자존심은 버리고 유경이 앞날만 생각하자. 쟤 예술고 보내야지."

"그래, 고마워."

"그나저나."

채광이 머쓱해져 말을 돌렸다.

"최창기는 그 뒤로 어떻게 됐어?"

"아직 찾는 중이야."

"최길중은?"

"입을 안 열어서 아쉽지만, 집에서 발견된 비산 혈흔에서 아내의 DNA가 확인되었어. 구속영장 청구했고 무리 없이 나올 거야."

"고생했네. 얼른 서에 들어가."

채광의 배웅에도 미영은 어울리지 않게 쭈뼛거리며 움직이지 않았다.

"그런데 말이야, 이번 사건은 다른 조사관한테 넘기는 게 어때?"

"왜?"

"그게……"

미영은 유독 조심스러운 태도였다.

"지난번에, 강선자 씨 통화목록에 있던 확인되지 않은 유선번호 말이야. 알고 보니까 문래동 쪽에 있었던 모텔인데……"

미영이 미처 다음 문장을 잇기도 전에 채광의 등줄기로 싸한 소름이 훑고 지나갔다.

"설마."

"맞아. 그 **성심모텔**이었어."

"……"

채광의 얼굴이 무섭게 이지러졌다.

3

 해가 중천에 떠 있는 지금 시간이라면 취기가 오른 채로 이래저래 떠벌려야 정상인데, 채광은 전혀 다른 인격이 들어온 사람처럼 얌전히 조수석에 앉아 있었다. 기준은 채광이 이렇게 변하면 반가울 줄 알았는데, 막상 그가 기운 없이 있자 이상한 측은지심이 생겨났다.
 "그나저나 그 구치소에는 왜 가는 겁니까?"
 기준이 채광의 기색을 살피며 운을 띄웠다.
 "……"
 "실장님?"
 "어? 뭐라고 했지?"
 "지금 여길 왜 가는 겁니까?"
 "강선자 씨를 알지도 모를 만한 사람을 만나러."
 "강선자 씨는 유령과 같아서 주변 인물이 없었다면서요."
 "……그러게."
 채광은 의미를 알 수 없는 대꾸를 마지막으로 구치소에 도착할 때까지 그저 차창 밖으로 지나가는 풍경을 바라볼 뿐이었다.

여러 개의 조그마한 통유리로 빼곡하게 둘러싸인 접견실에서 기다리자 사십대 후반으로 보이는 남자가 교도관의 안내를 받아 들어왔다. 삐쩍 말라 꼭 수염이 난 개미핥기처럼 간교하게 생긴 남자는 채광을 보더니 콧방귀를 뀌었다.

"해가 서쪽에서 뜨려나."

"사무장님, 오랜만입니다."

채광이 건조하게 인사하자 개미핥기가 "사무장은 무슨" 하고 말하며 더 크게 코웃음을 쳤다. 안 그래도 작은 그의 눈이 도수 높은 안경 때문에 더 좁쌀만하게 찢어졌다.

"말은 정확하게 하셔야지. 227일 만이죠. 실장님 덕분에 제가 여기 들어온 지 227일."

"서로 악감정은 없었으면 합니다. 피차 먹고살려고 한 일이니까요."

"하긴. 그런데 안 실장님 덕분에 **사체유기죄**가 추가되었죠."

"제가 발견하지 않았더라도 경찰이 결국 찾아냈을 겁니다."

남자는 어느 정도 수긍하는지 느리게 주억거렸다.

"그래도 제 덕분에 연봉 많이 올리셨겠어."

"덕분에 병가를 많이 냈죠."

개미핥기는 어느 지점에서 유머를 느낀 건지는 모르겠으나 혼자만 입을 가리고 음충맞게 낄낄거렸다. 채광은 본론으로 바로 들어가기 위해서 쪽방에서 찾은, 청계산 정상에 오른 강선자의 사진을 들이밀었다.

"이분 알죠?"

두꺼운 안경을 올리며 눈살을 찌푸리던 남자가 금방 알은체를 했다.

"강 여사님이네."

"여사님이요?"

"일 년 정도 일했을걸. 우리 병원에서 청소, 빨래 같은 허드렛일을 하셨죠."

"환자가 아니고요?"

"처음에는 당연히 영업당해서 온 유방암 환자였지. 근데 아시다시피 난 암보험 가입 안 되어 있는 환자는 인간으로 취급 안 했는지라 받아줄 수가 없었죠."

"얼마 전에 사망한 채 발견되었습니다."

"흠."

남자가 긴 아래턱을 매만졌다.

"역시 채무관곈가."

"그 말은 살인을 전제한 것처럼 들리네요. 암환자라면 병사나 자살 정도를 생각해볼 수 있을 텐데요."

안경 낀 개미핥기가 또다시 음흉하게 낄낄 웃었다.

"왜 웃는 거죠?"

"자살? 강 여사님이? 당신들 정말 아무것도 모르나봐. 그 아줌마는 그런 캐릭터가 아냐. 사람을 죽이면 죽였지."

"······죽여요?"

잠자코 듣고 있던 기준은 묘한 이질감을 느끼고서 불쑥 물었다.

"그만큼 또라이라 이거지. 저 아줌마가 우리 병원 찾아와서 '취업 안 시켜주면 경찰에 가서 불법영업으로 신고하겠다'고 도리어 엄포를 놨었어. 간이 배 밖으로 한참 튀어나온 아줌마였지. 아니지, 아니지. 잃을 게 없는 인간이라 오히려 더 무섭다고 해야 하나."

"그래서 어떻게 하셨습니까?"

남자의 시선이 허공으로 옮겨가며 기억의 한 부분을 끄집어내는 것처럼 생각에 잠겼다.

"무시했지. 근데 대한민국에서 기 센 아줌마 이길 수 있는 사람은 없다고. 와, 매일같이 찾아와서 허드렛일이라도 좋으니까 일만 시켜달라고 하는 거야. 뭐, 마침 청소 인력이 부족하기도 해서 자리 하나 줬어."

"그런데 왜 하필 사무장님한테 매달렸습니까?"

채광이 주의깊게 귀기울이자 남자는 뒤로 물러서며 등받이에 기댔다.

"……근데 강 여사님을 왜 KS생명보험사 최고 SIU조사관이 캐고 다닐까? 아, 살해당한 거구나?"

"아직 조사중인 사항이에요. 강선자 씨가 왜 하필 사무장님 병원에서 일하겠다고 한 겁니까?"

조급해진 채광이 질문을 반복했다.

"글쎄, 어딘가 떳떳하지 못해서? 주급을 현금으로 받았으니 소득 신고를 안 해도 되잖아."

"강선자 씨는 언제까지 일했어요?"

"당신한테 적발되어서 병원 문 닫을 때까지 함께했어."

남자의 말에는 가시가 있었다.

"일을 잘했거든. 왜 그런 양반들 있잖아. 가방끈이 짧다뿐이지 머리가 잘 돌아가고 손이 야무진 부류. 아이, 근데 돌아가셨다니까 마음이 좀 그렇네."

채광이 사무장이라고 부르는 남자는 전혀 연민이 느껴지지 않는 어투로 말했다. 아니, 처음부터 그의 목소리에는 감정이 실리지 않은 것 같은 일관적인 메마름이 있었다.

"남편에 대한 얘기는 들은 거 있습니까?"

"이봐, 내가 강 여사님이랑 연애했다고 말했어? 그냥 일하던 사람인데 내가 그걸 어떻게 알아."

남자가 안경을 올리며 앞으로 바짝 다가왔다.

"이제 그만하죠. 보아하니 내가 준 정보가 발상의 전환을 제공해줄 만큼 가치가 있었나본데, 온 김에 영치금이나 두둑이 쏴주고 가요."

"한 가지만 더요. 혹시 강선자 씨가 근무하는 도중에 이상한 일이 일어난 적은 없습니까? 어떤 사람이 찾아왔다든가, 횡령이 있었다든가."

"돈을 빼돌렸다면 내가 몰랐을 리가 없지. 근데 우리 병원에 뭐가 많았는지 잘 생각해봐요."

남자는 중요한 의문점을 던져놓고 싱겁게 웃더니 자리에서 일어났다. 콧바람을 불며 접견실을 나가는 뒷모습에서 전혀 죄책감이 느껴지지 않았다.

4

채광은 창문을 타고 가만히 흘러내리는 여름 빗방울을 바라보았다. 눈앞에 국밥이 있었지만 시장기를 느끼지 못하는 것처럼 한 숟가락도 들지 않았다. 더욱 의아한 점은 주문할 때 술을 시키지 않았다는 것이다. 기준은 아침부터 그의 행동이 낯설어도 너무 낯설어서 도리어 술을 권하게 되었다.

"소주 한잔, 안 드십니까?"

"······됐어."

"그런데 아까 사무장이 마지막에 한 말은 뭘 뜻하는 겁니까? 병원에 돈 말고 많이 있다던 거요."

"마약류 진통제를 암시한 거야. 그런 곳에서는 환자랑 짜고 모르핀이나 펜타닐을 불법 투약하는 경우가 종종 있거든. 그렇다고 그 인간 말을 곧이곧대로 다 믿을 수는 없지만."

"혹시 그 불쾌한 인간이 '성심모텔 불법 사무장병원 사건'의 그 사무장입니까?"

"그 사건을 알아?"

"저희 기수 신입 연수 때 케이스 스터디로 배웠습니다. 90세 의사한테 면허를 사서, 유방암 환자들을 모아놓고 불법 사무장병원을 운영했었죠. 저희 보험사에서만 1년 동안 부정수급해 간 암진단비가 20억 정도였던 걸로 기억합니다. 그게 실장님 케이스였습니까?"

"작년 하반기 내 최대 실적이었지."

"그런데 보통 사무장병원은 의료법 위반이나 사기죄로만 기소될 텐데 사체유기죄는 무슨 일입니까?"

"우리 오 분석관이 신체 사기에 대해서 공부를 많이 했나보네. 자, 다 먹었으면 이만 일어납시다."

대답을 회피하며 채광이 먼저 비실비실 일어났다. 그의 축 처진 등을 보자 기준은 문득 SIU 1팀장이 했던 말이 떠올랐다.

안 실장은 작년 하반기에 맡은 건수 때문에 술에 좀 의존하게 됐어.

하지만 기준의 머리로는 이해되지 않는 부분이 있었다. 지난 겨울에 성심모텔 불법 사무장병원 사건을 맡아서 보험사기를 잡아내고 최대 성과를 내며 인센티브까지 두둑이 챙겼는데, 어째서 몇 개월 동안 병가를 냈을까. 기준이 공부했던 바로는, 불법 사무장병원 사건은 구조가 단순해서 조사 과정에서 크게 곤란을 겪을 만한 일이 없었다.

의료법상 의사만 병원을 차릴 수 있기 때문에 나이가 들어 더이상 진료를 하지 않는 의사에게 사기꾼이 달라붙어서 매달 로열티를 주며 의사면허를 빌린다. 이 사기꾼들은 '사무장'이라고 불리며 빌린 명의로 불법적인 병원을 개설한다. 이 사건 같은 경우에는 병원이라고 해봤자 장사 안 되는 동네 모텔 세 개 층을 임대해서 병원처럼 꾸며놓은 규모였다. 기본적인 검사 장비를 임대하고 병상을 스무 개 정도 차려놓은 후, 대형병원 앞을 서성이는 초기 유방암 환자들을 소위 '찌라시' 영업으로 호객해서 데려왔다. 대형병원들은 입원을 오래 시켜주지 않기 때문에 지방에서 올라온 암환자들은 지낼 곳이 없는 경우가 많다. 특히 유방암 같은 경우 완치율이 상당히 높기 때문에 더욱 장기 입원하기 힘든 점을 이용해서, 숙식도 해결해주고 허위 입퇴원확인서를 써주어 보험사로부터 입원비까지 받게 해주겠다고 하니 암환자 입장에서는 일석이조다. 사무장 입장에서는 환자들에게 하루 5만 원꼴의 비용을 받고 (어차피 환자들은 이 돈을 나중에 암진단비로 보험사에게 돌려받게 된다) 건강보험공단에 요양급여까지 부정수급할 수 있으니 그에게도 역시 일석이조인 셈이다.

기준은 이 단순한 로직을 파헤치던 특별보험조사관에게 어떤 문제가 생겼기에 알코올의존증이 생긴 건지 가늠하기 어려웠다. 그렇지만 사체유기죄라는 단어에서 느껴진 선뜩한 기분하며, 아무래도 대단한 트라우마를 동반한 사건 같아서 직접 물을 수도 없는 노릇이었다.

5

 최창기는 편의점에서 산 크림빵으로 허기를 달래며 청계경찰서 정문을 훔쳐보고 있었다. 꼬박 밤새워 같은 자리에서 경계병처럼 서 있었던 탓에 다리가 아픈지 번갈아가며 깨금발을 들었다가 내렸다.
 가뜩이나 누더기 같은 옷을 걸친데다 지저분한 몰골 때문에 남들 눈에 거북스러웠는데, 우산도 없이 부슬비를 맞고 있는 모습 때문에 두렵게 느껴지기까지 했다. 특히 그의 눈은 깊숙이 뒤틀린 욕망을 내재한 것처럼 깜빡이지도 않고 한곳을 쏘아보고 있었다. 자신의 아버지가 체포되어서 끌려들어간 경찰서 입구였다. 해가 지고 밤이 다시 고개를 들어도 그는 같은 자리를 벗어나지 않았다. 그러다가 주머니에 손을 찔러넣더니 조심스럽게 무언가를 꺼냈다.
 날이 10센티미터 남짓한 단도였다.
 최창기는 뾰족하고 매서운 흉기를 확인하고는 재빨리 주머니에 넣었다. 그러고는 계속해서 부동자세로 경찰서를 노려봤다. 마치 어떤 결정적인 순간이 오기만을 기다리는 것처럼.

조사실에서 끈질기게 묵언수행중이던 최길중이 돌연 입을 뗐다.

"전 언제 집에 갑니까?"

이윽고 미영이 들어와 대답했다.

"못 나갑니다. 집에서 발견된 혈흔의 DNA와 아내 강선자 씨의 유전자가 일치했습니다. 곧 구속영장이 나올 거고, 최길중 씨는 수감된 상태로 피의자 조사를 받게 될 겁니다."

"후……"

노인은 굳은 어깨를 풀며 깊은 호흡을 뱉었다.

"이제 실감이 나시나요? 살인죄로 구속수사를 받게 되는 겁니다. 앞으로도 묵비권을 계속 쓰려고 각오하셨다면 정말 변호사가 필요해지실 거예요."

"……회자정리 거자필반."

"네?"

"……"

"방금 뭐라고 하셨어요?"

"화장실을 쓰고 싶습니다."

그는 필요할 때만 입을 열고 되묻는 질문에는 대답하지 않았다. 원래부터 그랬던 노인이니 미영은 더이상 캐묻지 않았다. 그녀가 손짓하자 관찰실에서 지켜보던 형사 둘이 들어와 최길중을 부축해 나갔다. 미영은 한쪽 모퉁이에 기대어 덩그러니 남겨진 목발을 찝찝한 듯 바라보며 방금 상황을 복기했다.

일반적인 용의자들은 살인 혐의로 구속수사를 받게 될 것이라고 통보하면 굉장한 충격을 받는다. 억울하다고 고성을 지른다든지 울면서 애원한다든지, 으레 보이는 반응이 있기 마련인데, 최길중의 반응은 어딘가 미묘하게 상식에서 벗어나 있었다. 미영은 그가 보인 행동에서 정확한 감정을 읽을 수 없었다. 죄를 받아들이고 인정한 것인지, 억울함에 한숨을 쉰 것인지, 혹 두려움에 떤 것인지 구분되지 않았으니 뒷맛이 영 개운치 못했다.

최길중은 형사들의 부축을 받으며 유치장으로 들어갔다. 근무를 서던 앳된 여자 경찰관이 인계받아 그를 정면의 3호실에 들여보내고 강화플라스틱으로 된 투명 유치실 문을 단단히 잠근 뒤 감시대로 돌아갔다. 화장실이 급하다던 노인은 태연하게 벽에 기대어 앉아 내부를 둘러봤다. 영화나 드라마에서 봤었던 것과 별반 다르지 않았다. 벽에는 촌스러운 벽화가 그려져 있고 유치실 문 가운데 부분에 두 뼘 정도 너비의 배식구가 있었다. 특이하게도 그곳에는 영화 속 상반신이 노출되는 공동 화장실과는 다르게 사방이 합판으로 막힌 밀폐형 화장실이 개별적으로 있었다.

최길중은 무언가 생각났는지 그 자리에서 일어나 주섬주섬 바지춤의 단추를 끌렀다. 낙낙한 감색 양복바지가 훌러덩 벗겨지며 그의 속살이 다 드러났다. 뒤이어 작심하고 팬티까지 내리려고 하자, 감시대에서 지켜보던 여경이 깜짝 놀라서 "뭐 하시는 거예요?"라고 크게 소리치며 다가왔다. 최길중은 너무나도 태연하게 자신의 한쪽 다리를 가리키며 일부러 쩔뚝거려 보였다.

"다리가 이래서 바지를 다 벗지 않으면 용변을 못 봅니다."
"그, 그럼 화장실에 들어가서 벗으면 되잖습니까."
여경이 이맛살을 찌푸렸다.
"너무 좁아요. 아니면 도와주시겠습니까?"
"예? 어…… 잠시만……"
여경은 난색을 표하더니 다른 이를 불러올 것처럼 두리번거렸다.
"급해서 그럽니다. 빨리 보고 나올게요."

최길중은 여경의 대답을 미처 다 듣기도 전에 팬티를 내렸다. 허벅지 안쪽으로 붉은색 반점들이 다리를 타고 오르듯 감싸고 있었다. 염증이 헐어서 생긴 베체트병 환자 특유의 결절성홍반이었지만, 이런 깊은 사정까지 모르는 여경은 그저 두들겨 맞아서 생긴 멍자국이거나 극심한 피부병 정도로 넘겨짚었다. 여경은 장애가 있는 백발노인의 치부를 바라보고 말았다는 죄책감과 그의 생식기를 설핏 봤다는 수치심을 동반한 양가감정 탓에 황급히 고개를 돌렸다.

최길중은 둔부가 다 드러난 채로 쩔뚝거리며 밀폐형 화장실로 들어갔다. 이윽고 그가 느긋하게 힘주는 소리가 들렸다.

【 거머리 】

1

맑게 갠 하늘을 뒤로하고 해가 빌딩숲 너머로 사라지고 있었다. 가로등이 하나둘 켜지며 도시는 밤을 준비했다. 내비게이션의 안내에 따라 승용차 한 대가 종로3가역을 끼고 돌았다. 운전자인 기준이 핸들을 꺾으며 골목 안쪽으로 차를 몰자 극장이 있는 좁은 길이 나왔다.

"왜 노 대표를 찾아가는 겁니까?"

"사무장이 강선자의 죽음을 듣자마자 채무관계 때문일 것 같다고 얘기했으니까."

"그런데 노 대표라는 사람이 순순히 아는 걸 말해줄까요?"

"형사 시절에 공교롭게도 내가 잡았던 놈이 그 사람에게 돈 빌리고 야반도주한 사람이어서 도움이 됐었더랬지. 내게 진 빚이 있어. 그리고 빚 계산만큼은 확실해."

"왜요?"

"전쟁고아에 배운 거라고는 돈 받아내는 기술밖에 없거든. 삶이 오로지 대차대조표로만 보이는 인간이야."

때마침 귀금속 도매상가들이 양옆으로 늘어선 골목이 나왔다. 매대 안의 보석들이 번쩍번쩍 빛났다.

"뭐, 잘 알겠지만 사채업은 조폭들의 놀이터야. 돈을 안 갚으면 때리거나 협박을 하는데, 가끔 그치들도 두 손 두 발을 다 들게 만드는 독한 채무자들이 있어. 그때 노 대표한테 그 채권을 헐값에 넘기는 거지."

더 깊숙이 들어가자 모텔의 휘황찬란하고 낯 뜨거운 간판들이 하나둘씩 켜지기 시작했다. 초저녁부터 술에 취해 비틀거리는 한 쌍의 남녀가 시시닥대며 주차장 가림막을 젖히고 안으로 들어갔다.

"한국전쟁 이후에 여기 종로3가는 '종3촌'이라고 불리는 유명한 사창가였어. 노 대표는 이 뒷골목에서 포주와 창녀를 상대로 사채업을 하면서 밑바닥에서부터 지금까지 오른 지독한 영감이야. 노 대표에게 빌린 돈은 세금보다 더 무섭게 따라붙는다고 보면 돼."

"언제 오시나 했습니다, 안 형사님. 아, 이제는 안 실장님이라고 했죠."

채광이 겁줬던 것에 비해 노 대표는 상당히 점잖고 교양이 있는 몸가짐으로 그들을 안으로 들였다. 불법 사채업자 사이에서 입지전적인 인물이라고 평가받는 사람이 운영하는 사무실이라고 하기에는 소박하다 못해 초라한 공간이었다. 좋게 말하면 앤티크할 테고 박하게 본다면 폐품에 가까운 나무 책상 한 개, 손님들을 응대할 때 쓰는 다탁과 소파 세 개가 전부였다. 더 짚자면 여느 사무실에나 있을 법한 믹스커피 한 박스와 종이컵. 기준이 엘리베이터도 없는 초라한 저층 건물의 계단을 올라가면서부터 가졌던 의구심은 노 대표의 사무실에 다다르자 더욱 커졌다.

대체 왜 이런 사람이 '하얀 거머리'라고 불리는 악덕한 사채업자인 거지?

노 대표는 온통 새하얀 양복을 입고 있다는 점을 빼고는 눈 씻고 봐도 탑골공원에서 바둑을 두는 보통의 어르신들과 특별히 다른 게 없어 보였다. 학창시절에 자신의 집에 찾아와 깽판을 치던 과격한 빚쟁이들과는 결이 너무 달랐다. 한마디로 위압감을 전혀 느낄 수 없었다.

노 대표가 믹스커피 두 잔을 타서 그들 앞에 놔주며 채광에게 물었다.

"아드님은 잘 큽니까? 시드니에서 유학한다고 했었나요?"

"예, 역시 기억력이 좋으시네요."

"50년 전 장부의 거래 내역까지 제 머릿속에 들어 있죠."

"노 대표님, 강선자 씨가 대표님께 갚아야 할 돈이 얼마였습니까?"

채광은 믹스커피를 마시며 본론으로 들어갔다.

"천 단위는 절하하고 채무 총액이 3,825만 원입니다."

노 대표는 그의 말대로 머릿속에 있는 어떤 장부를 펼쳐서 확인한 것처럼 머뭇거림 없이 대답했다. 아흔에 가까운 노인치고는 상당한 총기였다.

"모두 대표님한테 빌린 건가요?"

"다른 데서 채권이 돌고 돌아 저한테 넘어왔죠."

"물론 다 갚진 못했겠죠?"

"앞으로 남편이 차차 갚아나가야죠."

"남편이요? 최길중은 몸이 성치 못한 환자입니다."

기준이 끼어들었다. 아무런 감정을 느끼지 못하는 듯한 노 대표의 대답을 듣자 자신도 모르게 불쾌감이 훅 드러났다. 노 대표는 마시던 커피를 내려놓더니 세상 물정 모르는 당돌한 젊은이를 낮추어 봤다.

"젊은 친구한테 하나만 물어보죠. 강선자 씨가 왜 몰락하게 됐다고 생각합니까? 남편의 사업이 망해서? 그가 불구라서? 아들이 팔푼이 병신이라서? 세상엔 그런데도 잘 살아가는 사람들이 많잖아요."

"결국은 돈이겠죠."

"나도 그 나이 때는 그렇게 생각했죠. 가난해서 절박한 것이고 돈이 없어서 불행한 것이다. 그런데 나 어렸을 때는 대한민국이 다 가난했지만 모두 행복했어요."

"그럼 뭐죠?"

"사람을 저 밑바닥으로 이끄는 건 '가장 가까이 있는 사람'입니다. 부모, 배우자, 자식. 강선자의 빚은 대부분 남편과 아들의 보증이었거든요."

"연대보증제는 없어진 것 아닙니까?"

"젊은 친구가 순진하네요. 그건 제도권 안에서 얘기죠. 제가 강선자를 처음 봤을 때부터 남편과 아들이 진 빚을 떠안아서 허덕이고 있었어요."

하얀 거머리는 머릿속의 장부 안에서 강선자와의 첫 거래가 찍힌 날짜를 회상했다.

2

3년 전, 서울의 한 반지하방.

최길중은 베체트병이 심해져 거동이 힘들어지기 시작할 때쯤이지만, 강선자는 아직 유방암 판정을 받기 전이었다. 그때도 종종 사채업자들이 찾아와서 집안을 난장판으로 만들어놓곤 했었다.

"마른 수건도 짜면 어떻게든 물이 나오게 돼 있어."

한쪽 팔을 문신으로 휘감은 뚱뚱한 똘마니가 냉장고를 발로 차며 겁줬다.

"원금이 3천만 원도 안 되는데, 이자가 어떻게 4천만 원이 됩니까."

최길중이 멱살을 잡힌 채 간절히 애원했다. 행동대장쯤으로 보이는 다부진 체격의 남자가 멱살을 놓고 뺨을 후려갈기자 최길중은 가을바람에 떨어지는 낙엽처럼 나뒹굴었다. 강선자는 행동대장을 밀치며 남편에게 뛰어갔다.

"말미를 더 달라고 했잖아! 지금 돈이 없다는데 어떡하라는 거야!"

작달막한 강선자가 악을 쓰며 세 뼘은 더 큰 행동대장에게

덤볐다. 그의 구둣발이 배로 날아들자 그녀의 몸이 꺾였다. 행동대장은 멈추지 않고 주머니에서 회칼을 꺼냈다. 날카로운 서슬이 그녀의 눈앞까지 다가왔다. 하지만 그녀는 지지 않고 고개를 치켜들었다. 할 테면 해보라는 심산이었다.

"찌르려고? 차라리 잘됐네. 나도 지겨웠는데, 차라리 여기서 끝내자! 찔러! 얼른 죽여!"

삶의 막바지에 이르러 더이상 도망갈 곳이 없는 사람의 악다구니가 폭발하자 행동대장이 움찔했다. 그녀가 머리를 드밀자 칼끝이 이마에 들어가는 선뜩한 촉감이 손잡이를 타고 행동대장에게 전달되었다. 그러자 행동대장 쪽이 도리어 칼을 뒤로 빼며 움츠러들었다.

"이런 미, 미친년."

"그래, 미쳤어! 다 미쳤다! 그냥 죽여! 그런데 말이야. 내가 죽으면 최 사장 돈은 누가 갚나?"

"이, 이……"

행동대장은 이러지도 못하고 저러지도 못한 채 이를 악물었다. 결국 강선자의 배를 한 대 더 때리는 걸로 분을 풀었다.

"모레에 또 올 거니까, 그땐 성의라도 보여."

행동대장이 나가면서 최길중의 다리를 뒷굽으로 내리찍었다. 우두둑, 소리가 나자 최길중이 비명을 지르며 다리를 감쌌다. 똘마니가 현관문을 발로 퍽 차서 열며 집을 나갔다. 야속한 찬바람이 쌩 들이닥쳤다.

강선자는 남편의 다리를 살폈다. 다행히 부러지지는 않은 것 같지만 부어올라 밤새 냉찜질을 해야 할 것 같았다. 그녀는 하염없이 흐르는 눈물을 닦으며 집안을 둘러봤다. 가구며 살림살이며 현관문까지도 다 망가졌다. 그녀의 삶도 돌이킬 수 없을 정도로 망가져 있었다.

어디로든 도망가고 싶어도 남편의 다리 때문에 쉽지 않았다. 돈을 갚고 싶어도 기초생활수급자인 남편의 벌이로는 턱도 없었다. 돈을 벌고 싶어도 남편을 계속 간호해야 하고, 애매한 벌이가 생기는 순간부터 정부 복지급여도 끊긴다. 간간히 청소나 빨래를 하는 현금 알바를 하지만, 그 정도 벌이로 점점 불어나는 복리의 가속도를 따라잡기는 역부족이었다. 그마저도 사채업자에게 뜯기고 나면 남편 약값이며 가족 생활비에 쓸 여력이 없었다.

하루에 한 끼를 겨우 먹었다. 못 먹는 날도 있었다. 그런 날이면 노부부는 집 앞 약수터에서 퍼온 물로 하루를 때웠다. 살아보려고 아등바등할수록 점점 구멍 속으로 빨려 들어가는 개미지옥에 있는 것 같았다. 총체적 악순환이었다.

강선자는 이틀 뒤에 찾아올 사채업자를 떠올렸다. 어떻게 이

고난을 타개해야 할지 고민하며 이마에 흐르는 피를 닦아냈다.

3

 이틀이 지나고 사흘이 지나도 행동대장은 나타나지 않았다. 처음에는 안심했으나, 일주일이 흘러도 아무도 찾아오지 않자 불안함이 엄습하기 시작했다. 이렇게 쉽게 그녀와 남편을 놓아줄 놈들이 아니었다.
 "창기는 밥은 먹고 다니려나."
 정작 자신은 물에 밥을 말아 먹으면서 물색없이 아들을 걱정하는 남편을 보자 강선자는 부아가 치밀었다.
 "당신은 어떻게 그런 말이 나와? 우리를 봐."
 "걔도 사람 속이 속이겠어."
 "사람이라면, 양심이 있다면, 한 번은 찾아왔었어야지. 부모가 사지가 뜯겨 죽을지도 모르는 마당에. 코빼기도 안 비쳐?"
 "여보…… 찾아가면 되잖아."
 "찾아가면? 뭐가 달라져? 당신은 참 답답한 소리만 하냐."
 "……"

강선자가 눈을 부라리자 최길중은 그저 고개를 숙였다. 그때 누군가 문을 두드리며 "계십니까" 하고 물었다. 강선자는 드디어 올 것이 왔다는 생각에 체념하고 일어섰다. 문을 열어보니 점잖게 하얀 양복을 빼입은 노인이 서 있었다. 그가 중절모를 벗으며 묵례하고 카드지갑에서 무언가를 꺼내 건넸다. '채권추심 전문 관리사'라고 적혀 있는 명함이었다.

"안녕하세요, 강선자 씨 되십니까?"

나긋나긋하여 듣고 있으면 잠이 올 것 같은 목소리였으나 이상하게도 위압감이 느껴졌다. 명함을 쥔 강선자의 손이 미세하게 떨렸다. 그녀는 애써 두려움을 감추려 허리를 곧게 펴고 깐깐하게 말했다.

"그런데요."

"나는 강선자 씨가 진 빚을 받을 권리가 있는 노 대표이올시다."

"최 사장님한테 빌린 돈인데, 왜……"

"최 사장이 너무 힘들어하기에 그 채권을 내가 샀거든요. 쉽게 말해 이제 내가 당신의 채권자입니다."

노 대표는 안주머니에서 채권매매계약서를 꺼내 보여줬다.

"당장은 드릴 돈이 없어요. 보시다시피 저희 꼴이 이렇습니다."

그녀가 눈짓으로 물에다가 밥을 말아 먹고 있는 최길중을 가리켰다. 그의 얼굴에는 행동대장에게 구타당하여 생긴 멍이 큼지막하게 남아 있었다. 하지만 노 대표는 동요하지 않았다.

"식사중이셨군요. 그럼 간단히 인사만 해야겠네요. 전 아주머니께서 전에 최 사장과 어떻게 거래했는지 관심이 없습니다. 다음달 기일까지 어떤 성의라도 보이지 않으시면 제 방식대로 추심을 진행하겠습니다."

"뭐, 마른 수건도 짜면 물이 나오고 말라비틀어진 오징어에도 떼어갈 장기는 있다고 협박하시려고요?"

"무섭게 장기를 떼다니요. 살아서 다 갚아주게 되어 있는데, 왜 죽입니까."

노 대표가 서늘하게 덧붙였다.

"이 노 대표로 말하자면 사막에서도 오아시스를 찾아내는 재주꾼입니다."

사막에서 오아시스를 찾아낸다? 강선자는 처음엔 그 비유가 어떤 의미인지 이해하지 못했다. 그저 노 대표에게서 몇 년 동안 자신을 괴롭혔던 사채업자들과는 다른 기운이 풍긴다는 인상만 받았을 뿐이었다. 대개 사채업자는 찾아와서 채무자를 두들겨 패고, 친구와 가족을 협박해서 인간관계를 끊어버리고, 직장에 나타나 깽판을 쳐 평판을 망가뜨림으로써 돈을 갚게 했다. 심지어 현관에 오줌을 갈기고 가는 방식으로 치욕을 주기도 했다.

그러나 강선자는 심지가 강한 사람이라 버텨냈다. 그녀에게는 지켜야 할 남편이 있었으며, 사람 구실도 못 하는 아들이 있었기 때문이다. 웬만한 협박에 그녀의 기개가 부러질 일은 없었다.

일주일 동안은 잠잠했다. 그것이 강선자의 피를 더 말렸다.

그러던 어느 날, 강선자의 집 앞에 있는 소공원에 웬 왜단한 노부인이 앉아 있었다. 머리가 듬성듬성 비고 등이 굽은 할머니는 까무룩 낮잠이 든 것처럼 보이는 가는 눈으로 강선자의 집을 응망했다. 겉보기엔 백 살쯤 되어 보였다. 강선자는 신경이 쓰였으나 직접적으로 찾아와 말을 걸지 않았기 때문에 그저 모른 체했다. 등이 굽은 노부인은 새벽 기온이 매서운데도 이른 아침부터 소공원의 벤치에 앉아서 벌벌 떨다가 밤이 되면 어디론가 사라지곤 했다. 이틀이 흐르자 노부인은 강선자의 집 앞 골목 바닥에 엉덩이를 붙이고 앉아 있기 시작했다. 반지하 창문을 열면 바로 보이는 전봇대 아래 하루종일 아무것도 먹지 않고 앉아만 있는 노부인을 보는 일은 쉽지 않았다. 하지만, 노 대표의 함정이라고 생각한 강선자는 끝까지 모른 척했다.

하루가 더 흐르자 갑자기 노부인이 쓰레기를 버리고 돌아서는 강선자에게 말을 걸었다.

"저도 아들이 있습니다."

"네?"

"제 아들 좀 살려주세요."

호소하는 노부인의 눈동자가 이상했다. 하얀 막을 씌운 것처럼 혼탁했다. 실제로 잘 보이지도 않는지 그녀의 시선이 애매하게 강선자의 눈두덩 근처를 겉돌았다.

"어르신, 누구세요?"

"노 회장님께 빚진 돈 일부라도 상환을 해줄 수는 없나요?"

"예? 그게 무슨 말이에요?"

"그러면 제 아들 빚을 조금 탕감해주신다고 하셔서……"

"……그걸 왜 나한테 와서 이래요!"

강선자는 뒤돌아보지 않고 집으로 재빨리 돌아왔다. 벌렁벌렁하는 심장이 진정되지 않았다. 위협을 느낀 것은 아니었으나 꼭 못 볼 꼴을 본 것처럼 불편하고 불안했다.

노부인은 노 대표에게 어떤 지령을 받은 것처럼 골목길을 넘어왔지만 부부에게 먼저 말을 거는 일이 없었다. 그러다 꼭 강선자가 집 근처를 벗어나면 말을 슬쩍 걸 뿐이었다. 노부인은

선 넘는 행동을 절대 하지 않았다.

한번은 갑자기 화장실을 쓰고 싶다고 말한 적이 있었다. 그렇게 말하는 노부인에게서 시큼한 지린내가 훅 올라왔다.

"어르신, 저 공원 끼고 돌아가면 공용화장실이 있어요."

"잘 걸어가질 못합니다. 눈이 어두워서."

"……여기까지는 그럼 매일 어떻게 걸어오시는 건데요?"

"들어가서 기저귀만 갈고 나오게 베풀어주시면……"

강선자는 말 뒤를 흐리마리하는 노부인을 보자 짜증이 올라왔다. 노 대표는 지독한 방식으로 사람을 피 말리게 했다. 자신보다 더한 약자를 눈앞에 놓고 인질로 쓰고 있는 것이다.

"……가세요."

강선자는 문을 쾅 닫았다. 느낄 당위가 없는 죄책감이 막 밀려왔다.

몇 주가 지나자 신경쇠약이 올 것 같아 경찰에도 신고해봤지만, 근처 파출소에서 출동 나온 경찰도 딱히 해줄 수 있는 게 없었다.

"그 할머니가 위해를 가한 게 아니잖습니까. 저희가 접수할 수 있는 항목이 없어요."

"사채업자가 돈 받아내라고 보낸 사람이라니까요!"

"할머니는 계속 아니라고 하시고, 설령 그렇다고 하더라도

요. 그 할머니 백내장이 많이 진행돼서 앞도 잘 안 보이시는 거 같더라고요. 잘 걷지도 못하시는 것 같고…… 아무튼 도움이 못 되어 죄송합니다."

순경은 진땀을 빼더니 돌아갔다.

4

강선자는 결국 노 대표를 찾아갔다. 하얀 거머리는 꼭 처음 오는 손님을 대하듯이 뻔뻔하게 자리를 권했다.

"그분 아드님이 우리에게 진 빚이 있어요. 그거 탕감해주는 대신 당신 빚을 받아내라고 시켰습니다."

"당신이 사람이에요?"

"참, 그분 오래 못 사세요. 췌장암 말기거든요. 계속 보기 힘들면 빨리 저한테 돈을 조금이라도 주고 눈앞에서 치워버리세요. 여차하면 강선자 씨 손으로 그분 송장을 치워야 할지도 모릅니다."

"방법이 없는데 어떻게 하라는 말이에요?"

"제가 분명히 첫인사 때 말씀을 드렸을 텐데요. 성의를 보여달라고. 반지하방 보증금 있잖습니까. 3백만 원."

"집 빼고 저흰 어디로 가라고요! 차라리 내 눈알을 파가지 그래요!"

"무슨 무서운 말씀을 계속 하십니까. 그 할머니 돌아가시면 뇌종양에 걸린 또다른 시한부가 찾아갈 겁니다. 강선자 씨는 돈을 갚기 전까지 계속 죽어가는 사람들을 보게 되겠죠."

"거짓말 참 설득력 없게 하시네."

강선자는 노 대표가 더이상 대화할 가치가 없는 인간이라고 여기며 사무실을 박차고 나갔다.

한파주의보가 내려 창문이 무섭게 떨릴 정도로 추운 날, 결국 사달이 났다.

남편이 뼈마디가 쑤실 정도로 춥다고 하여 강선자가 문풍지로 창틈을 막고 있을 때였다. 창문 너머로 보이는 노부인이 기침을 격하게 하더니 거짓말처럼 픽 쓰러졌다.

저건 가짜다. 모른 척하자.

강선자는 노부인이 연기하는 것이라고 믿었다, 처음에는. 하지만 1분, 2분, 시간이 지나도 할머니는 일어나지 않았다. 강

풍에 머리카락과 옷깃이 휘날려도 몸은 바닥과 눌어붙은 것처럼 그대로였다.

"저 할머니, 도와드려야 하는 거 아닐까."

그녀의 고민을 알아채기라도 한 듯 최길중이 넌지시 말했다.

"어떻게? 아니, 그전에 왜?"

"여보, 인지상정이라잖아."

"그런 허접쓰레기 같은 감정, 잊고 산 지 오래됐어."

강선자가 위악을 부렸지만 시선은 빙판 위에 쓰러져 있는 노부인에게 옮겨갔다.

"꼭 시한부가 아니라도 저렇게 누워 있으면 얼어 죽어. 내가 볼게."

최길중이 몸을 일으키며 불편한 다리로 현관으로 향했다. 그가 문고리를 잡고 돌리자 강선자가 박차고 일어나며 제지했다. 결국 그녀가 먼저 나가서 할머니의 몸을 만져보다가 섬뜩 놀랐다. 차갑다. 만약 이게 연기라면 목숨을 걸고 하는 정도여야 말이 된다.

"할머니, 일어나보세요. 할머니!"

강선자가 어깨를 두들기자 노부인은 정신이 조금 돌아오는지 게슴츠레 눈을 떴다. 하지만 흐리멍덩한 정신이 온전히 돌아온 것 같지는 않았다. 남편까지 나와 그녀를 힘들게 부축해서 집으로 데리고 들어왔다. 온몸이 얼음장이었다. 강선자는 수건을 뜨듯하게 데운 후 할머니의 볼과 이마를 녹였다. 피골상련한 팔다리를 조심스럽게 주무르며 정성을 다하자 할머니는 조금씩 의식이 돌아왔다.

"미, 미안합니다."

정신을 차린 후 힘들게 내뱉은 첫마디였다. 할머니가 일어나려다가 휘청 쓰러질 뻔해 강선자가 잡아주며 말했다.

"아직 일어나시면 안 돼요, 어르신."

"미안합니다. 가볼게요."

강선자가 죽이라도 먹고 가시라고 권했지만, 할머니는 극구 사양하며 반지하방 문을 열고 나갔다. 힘겹게 문설주를 짚어가며, 한파가 불어닥치는 혹한 속으로.

그리고 또 일주일이 흘렀다.

그간 할머니의 모습은 온데간데없었다. 강선자는 노부인이 정말 췌장암 말기 환자였고 세상을 떠난 것일지도 모른다는 생각이 들어 노 대표를 향한 의심이 옅어졌다.

한 달 동안 시선만 주고받았지 나눈 대화가 몇 마디 되지 않앉는데, 일련의 사태에서 이상한 죄책감이 들며 마음이 시큰했다. 아들 빚 때문에 볼모 잡혀서 사채업자에게 시달리는 노부인이 자신과 같은 처지라고 느껴졌기 때문이다. 감정이입을 해 버려 연민하게 된 것이다. 스스로가 잊고 살았다고 믿었던 그 허접쓰레기 같은 인지상정이었다.

한파주의보가 물러난 어느 날, 그 할머니가 골목길에 다시 나타났다. 강선자는 티를 내지는 않았으나 속으로 반가워했다. 오래전 세상을 떠난 엄마가 살아 돌아온 것 같은 기분마저 들었다. 괜찮으시냐고 물으려 다가갔는데 할머니의 얼굴을 보고는 심장이 발바닥까지 철렁 내려앉는 기분이 들었다. 조잡한 선글라스를 쓰고 있는 눈가로 푸르스름한 멍이 번져 있었다.

"할머니 얼굴이 왜 그래요?"

"너, 넘어졌어요."

"내 남편이 매일 넘어져서 멍만 봐도 왜 들었는지 알아요. 이건 넘어져서 생긴 게 아니에요. 설마, 사채업자가 때리는 겁니까?"

"……어차피 곧 지는 인생인데요."

체념한 듯한 말투와는 상반되게 선글라스 아래로 눈물이 주르륵 흘러내렸다.

"할머니, 경찰에 가요."

"안 돼요, 그러면 아들이…… 아들이 화를 입어요."

"도, 도대체 아드님이 노 대표란 인간에게 빌린 돈이 얼만데 이러세요?"

"2백만 원 좀 안 돼요."

"……네?"

강선자의 머릿속이 새하얘졌다. 2억 원도 아니고, 2천만 원도 아니고, 고작 2백만 원이란 돈 때문에 이 엄동설한에 한 달 동안 집 앞을 찾아왔단 말인가. 자신의 반지하방 보증금도 안 되는 돈이었다.

"이자는요?"

"회장님이 그래도 선처해주셔서 이자는 많이 탕감해주셨죠."

"아들은 어디에 있어요?"

"모릅니다."

"……돌아가세요, 어르신."

"미안합니다. 정말로 미안합니다. 하지만 못 돌아가요. 이렇게라도 해야……"

"아뇨, 돌아가세요."

강선자가 결단을 내린 것처럼 말을 끊었다.

"제가 노 대표 찾아가서 얘기할 테니까, 돌아가세요."

5

 노 대표의 이야기를 듣던 기준은 주먹을 꽉 움켜쥐었다. 눈앞의 기운 없어 보이는 노인이 상종 못할 파렴치한이라는 것을 깨닫는 순간이었다. 이래서 안 실장이 거머리라고 부르며 치를 떨었구나. 어떤 면에서는 어릴 적 자신의 집에 찾아와 온갖 것들을 부수고 아버지를 협박하던 사채업자들보다 더한 인간이었다.

 "……그리고 이듬해에 반지하방을 빼서 생긴 현금으로 빚을 일부 갚았죠. 영등포 쪽방촌으로 이사를 가고 나서 일자리도 구하고 빚을 성실하게 갚기 시작했어요."

 "그 일이 성심모텔병원 청소였습니까?"

 에어컨이 돌아가지 않는 사무실에서 한껏 땀을 흘리던 채광이 물었다.

 "불구가 된 남편을 보살펴야 했기 때문에 집과 지근거리에 있는 직장을 구한 것 같았고, 현금으로 주급을 받는 거라 기초생활수급자 자격도 몰래 유지했겠죠. 저도 이대로 몇 년만 지나면 잔금까지 다 받을 수 있다고 믿었는데, 갑자기 말이죠."

 "죽었다?"

"아뇨, 올봄에 갑자기 최길중이 따로 찾아와서 새로 돈을 빌려달라고 하더라고요."

"남편이 돈을 더 빌려 갔단 말이에요?"

노 대표는 사무실 입구를 바라보다가 그날이 떠오른 듯 끄덕였다.

모든 채무는 강선자의 명의로 되어 있어서, 사실 그때까지 노 대표가 최길중을 직접 만날 일은 없었다. 그런데 그날은 어쩐지 그가 혼자 사무실로 찾아왔다. 최길중이 등장하기 전부터 이미 계단참에 캉, 부딪히는 목발 소리 때문에 노 대표는 그가 왔다는 것을 알 수 있었다. 다리가 불편한 것치고는 빠른 걸음걸이였다.

노 대표는 모든 고객에게 대하듯이 자리를 권하고 커피를 주었다. 하지만 최길중은 본인이 하고 싶은 말만 중요하다는 듯한 자세로 거두절미하고 바로 본론으로 들어가고 싶어했다. 성급하게.

"아내가 회장님께 지난 3년간 성실히 돈을 갚았을 텐데요."

"그럼요, 강 여사님은 감탄스러운 인물이죠."

"그럼 4백만 원만 더 빌려주세요."

"갚을 수 있겠습니까?"

"아내 이름으로요."

최길중이 당당하게 아내의 인감도장을 꺼내며 말했다.

"아내 이름으로요?"

가만히 노 대표의 얘기를 듣고 있던 채광이 의아해서 물었다. 분명히 미영의 말에 따르면 최길중은 꼼꼼하다 못해 답답할 정도로 중요한 의사결정을 하지 못하는 인물이었다. 그런데 아내도 없이 혼자 지독한 사채업자를 찾아와서 따로 대출을 받았다?

어딘가 거짓말 같은 얘기였다. 그러자 노 대표가 그의 생각을 읽기라도 한 것처럼 말했다.

"안 실장님이 무슨 생각하는지 압니다. 하지만, 이 몸은 돈 앞에서 사람이 어디까지 미칠 수 있는지 많이 보아왔죠."

"강선자에게는 확인해봤습니까?"

"강선자가 알고 있든 아니든 그게 나랑 상관있나요. 인감도장이 확실하고 이 노 대표가 강선자를 아는데. 여차하면 무슨

수를 써서라도 받아낼 수 있는 빚이잖습니까."

"왜 하필 4백만 원이었습니까?"

"글쎄요. 뒷조사를 해봤더니 최길중이 아내 이름 앞으로 가입한 모든 생명보험의 석 달 치 보험료가 그쯤 되더라고요."

"……"

"참, 그 아들놈도 절 찾아와 엄마 이름을 걸고 돈을 빌려 간 적이 있습니다. 남편이고 아들이고 어떻게든 엄마를 뜯어먹으려고 하는 시정잡배뿐이더군요."

"최창기요? 혼자 왔습니까?"

"그럼요. 이미 보증인란에 강선자의 인감을 찍어서 갖고 왔더군요."

묵묵히 두 사람의 대화를 듣던 기준의 감정은 롤러코스터를 탄 것처럼 오르락내리락했다. 노 대표에게 화가 났다가, 강선자의 삶이 기구해서 안타까웠다가, 그녀의 철면피 남편과 아들 얘기를 듣자 심장이 서늘해졌다.

"최창기는 뭐 하는 놈입니까?"

기준이 자기도 모르게 가시가 돋친 목소리로 물었다.

"외아들인데 하필이면 아비를 닮았어요. 유약하고 소심하고, 거기다가 젊은 친구들 특유의 한탕주의에 빠진 철없는 부류. 헛물켜더군요. 뭔 스타트업을 차린다고 돈을 빌리다가 그

빚을 부모가 다 덮어쓴 거였거든요. 그거 만회하려다가 주식에 손대고, 그 손실을 또 만회하려다가 가상화폐에 손대고, 빚은 점점 불어나며 나락으로 빠지고. 제가 알기론 최길중의 희귀병도 그때쯤 발병했을 겁니다."

"이 모든 걸 알고도 돈을 빌려줬습니까?"

"강선자가 보증인이었으니까요."

"대단하네요. 노 대표님한테 이 정도로 신뢰를 얻었던 채무자는 들어본 적이 없는데요."

손부채질을 하던 채광이 멈추며 말했다.

"불쌍한 여자였습니다. 가끔은 북에 놔두고 온 막내가 떠오르기도 했고요. 남편과 아들이 아니었다면 잘 살았을 텐데."

"그럼 빚을 좀 까주지 그러셨어요."

"그렇기 때문에 제가 여태 결혼도 안 하고 아이도 갖지 않은 것 아니겠습니까. 이런 지독한 자본주의에서 자식은 부채이니까요."

"때론 무한한 자산이기도 하죠."

"안 실장님 아드님은 여전히 공부를 잘하나봅니다."

"항상 전교 1등이죠."

"돈값은 하는 젊은이네요. 뭐, 언제라도 유학자금 부족하면 연락 주십쇼. 안 실장님은 특별 조건으로 해드리죠."

노 대표는 믹스커피가 번들번들하게 묻은 입가를 당기며 느물스럽게 미소를 지었다.

6

도시의 야경이 한강 위에 반사되어 불빛이 거꾸로 번져 흐르고 있었다. 한남대교를 지나자 선선한 밤바람이 기준의 얼굴에서 열기를 뺏어갔지만, 깊은 곳의 노여움은 식히지 못했다. 부조리하고 추악한 사회의 밑바닥을 접하며 느낀 분노였다.

"저 인간 말을 정리해보자면, 최길중은 아내가 폐 전이까지 된 유방암 말기 환자라는 것을 알았어요. 길어야 3개월도 힘들다는 걸 깨달은 겁니다. 그래서 그는 어떻게든 아내의 이름으로 여기저기 생명보험을 들게 하고 그녀가 죽기만을 기다렸습니다. 그런데 매달 수입보다 더 많은 보험료를 백만 원씩이나 내는데도 아내가 죽지 않자 노 대표에게 급하게 돈을 더 빌렸고, 그마저도 떨어지자 본인이 직접 살해하기로 결심한 거죠."

"반은 맞고 반은 틀려."

채광이 반 정도 열린 창으로 불어오는 밤바람을 맞으며 감상에 젖은 말투로 대답했다. 구치소에서 사무장을 만난 후로 그의 태도는 줄곧 이랬다. 자꾸 과거의 어떤 순간에 의식이 묶여 있어 현재에는 껍데기만 있는 듯했다.

"그럼요?"

"이럴 땐 범죄자의 시각으로 생각해보는 게 중요해. 오 분석관이 심심하면 아내를 샌드백처럼 두들겨패는 무뢰배라고 치자. 그런데 어느 날 내가 때려도 잘 맞아주던 아내가 갑자기 피를 토해. 얼마 못 살 거라는 거야. 그럼 어떻겠어?"

"인간이라면 미안함, 혹은 일말의 후회가 있어야겠죠."

"하지만, 최길중은 아주 앙큼한 영감이야. 도리어 기회로 본 거지. 그래서 아내 몰래 생명보험을 다수 가입해."

"자, 잠시만요. 몰래요? 그럴 리 없습니다. 보험설계사들을 일일이 다 확인해봤는데 부부가 항상 함께 계약서에 사인했다고 했어요."

"만약에 최길중이 데리고 다닌 여자가 강선자가 아니라면?"

"……**비슷하게 생긴 여자를 아내라고 속이며 사인하게 했다?**"

기준이 불쾌한 감정에 매몰되느라 놓치고 있는 지점이었다. 사실 보험사기에서는 흔한 수법이었다. 배우자와 외모가 닮은 사람을 섭외하고 서명을 연습시킨 후 계약서를 작성하게 하는 것이다.

"그런데 아내가 암환자라는 것을 고지하지 않고 생명보험에 가입했기 때문에, 그녀가 암으로 죽게 되면 보험금이 안 나올 수도 있다는 사실을 뒤늦게 알게 돼. 그럼 어째? 강선자는 암으로 죽어도 안 되고 자살을 해서도 안 돼. 최길중 입장에선 아주 똥줄이 타는 거지."

"그래서 직접 죽이는 완전범죄를 꿈꿨다?"

"그렇지. 불편한 몸으로 하긴 힘드니까 빚에 허덕이는 아들을 쬔 거고."

채광의 추론을 곱씹던 기준이 고개를 갸웃거렸다.

"그런데 한 가지 걸리는 게 있어요. 저희가 지금까지 만나본 주변 인물의 의견을 종합해보면 강선자는 굉장히 강인한 여자였고 최길중은 소심한 남자였어요. 심지어 거동도 불편한 남편한테 그렇게 맞고 살았다고요?"

"맞아준 것일 수도 있어."

"맞아줘요?"

"아내가 가정폭력의 가해자인 특이한 경우에 나타나는 현상이긴 한데, 남편은 힘이 있으면서도 가정의 파탄을 막기 위해서 참고 맞아주는 이상한 심리상태에 놓인다는 거야. 그런 심리를 웬일인지 아내 강선자가 갖고 있었던 거지. 책임감이 지독하게도 강한 그녀 입장에서 듬직했던 가장이 평생 장애를 달고 살아야 하는 모습을 보면 얼마나 안타깝겠어. 남편이 술 마시고 때리더라도 평소엔 착한 남자니까 옛정을 생각해서 참고 살았을 수도 있어."

"……부부라는 건 어렵네요."

"어려울 것 없어. 우린 최길중의 거짓말을 파헤치기만 하면 되는 거야."

"어떻게요?"

"3안. **강선자의 필적.**"

1

 새벽이 되자 감시대에 앉아 있던 여경이 졸기 시작했다. 쏟아지는 잠을 이겨내려 뺨을 두드리기도 하고 마른세수도 했지만 눈꺼풀이 서서히 내려갔다. 그날따라 유치장이 한산했고 유일한 구금자는 다리가 불편한 노인이라 긴장이 덜 되었기 때문이다.

 정면의 3호실에 있던 최길중이 바지를 훌러덩 벗으면서 유치실 내의 개별 화장실로 들어가는 것을 보았지만, 처음만큼 소스라치게 놀라지도 않았다. 밤사이 여러 번 겪었던 일이라 그런지, 여경은 어느샌가 무덤덤하게 받아들이고 있었다.

 꾸벅꾸벅, 여경의 고개가 툭 떨어졌다가 올라오기를 반복했다.

미영은 앞으로 할일을 골똘히 생각했다. 구속영장이 발부되었지만 최길중의 범죄를 명확히 입증할 수 있는 직접증거가 없다. 법의학자가 말했던 실크 스카프를 찾으면 좋겠지만 쉽지 않으리라 판단되니 정황증거든 뭐든 최대한 모아서 검찰에 넘겨야 한다.

하지만 못내 마음에 걸리는 것이 있었는데, 그게 정확히 무엇인지 형언할 수가 없었다. 마치 눈, 코, 입은 있지만 전체적인 얼굴의 형태가 흐릿한 추상화를 보는 느낌이었다. 아무래도 상황에 어울리지 않은 최길중의 안일한 태도에서 오는 어떤 괴리감 때문인 듯했다.

그때 막내 형사가 황급히 강력2팀으로 뛰어들어오며 몇 시간 전에 최길중에게서 압수해갔던 약봉지를 흔들었다.

"티, 팀장님!"

"왜 호들갑이야."

"여, 염증약이요. 최길중한테서 수거해 갔던 염증약이요!"

"그게 뭐?"

"이상하게 씁쓰레하게 톡 쏘는 냄새가 나서, 이상해서, 감식반에 물어봤거든요."

"아이, 그러니까, 뭐!"

답답한 듯 미영이 다그쳤다.

"이, 이게 약이 아니라 시안화칼륨이라는데요!"

"시안화…… 칼륨? 설마……"

"예! 아시잖아요, 예전에 청산칼륨이라고 불렀던!"

"뭐? 자, 잠깐만 그거 역시 **청산가리**잖아!"

미영이 강력팀을 박차고 나가 복도를 내달렸다. 유치장 문을 벌컥 열고 들어가자 졸고 있던 여경이 급히 일어나서 경례했다. 미영은 3호실로 곧장 뛰어갔다.

최길중이 없다. 불길하게도 밀폐형 화장실의 문이 조금 열려 있다.

"문 열어!"

미영이 닦달하자 여경이 사태를 파악하고 정신을 차렸다. 어수선한 움직임으로 3호실 문을 열려고 했지만, 긴장한 터라 카드키가 제대로 인식되지 않았다. 미영이 답답한 듯 카드키를 빼앗아 문을 열고 유치실로 뛰어들어가 밀폐형 화장실의 문을 젖히자,

그 안에……

최길중이 벗은 바지로 스스로 목을 감아 맨 채 변기 위에 쓰러져 있었다.

2

 최창기는 성가시게 맴도는 모기를 쫓으며 밤새 버티는 중이었다. 그때 갑자기 구급차가 경찰서 마당으로 들어갔고, 잠시 후 누군가 들것에 실려나오는 듯 분주한 형체들이 보였다. 자신의 아버지인 최길중과 그를 체포해갔던 강력팀장이었다. 무언가 잘못 돌아가고 있다는 것을 직감한 최창기는 단도를 꺼내어 서슬을 확인하고는 그들을 따라 움직였다.

 하루가 고되어서인지 혹은 세상사가 답답해서인지 차 안은 적막했다. 기준은 음악이라도 듣자 하는 생각으로 라디오를 틀었다. 마침 유명한 원로 배우인 남자와 여자가 대화를 주고받는 광고가 흘러나오고 있었다.
 ― 요샌 예전 같지 않고, 에구구 삭신이야.
 ― 그래서 난 어제 간단한 심사로 KS생명보험 가입했지.
 ― KS생명보험? 내가 지금 가입이 되려나?
 ― 물론 누구나 되지! 질병 있어도 오케이! 투약하고 있어도

오케이!

― 나이 들수록 그만한 안전망이 없네?

― 그럼! 한 개를 가입해도, 다섯 개를 가입해도 원하는 만큼 **중복 보상**해주는 생명보험이잖아.

― 아이쿠, 더 늦기 전에 KS생명보험에 가입하러 가야지.

가만히 듣고 있던 기준은 되지도 않는 광고 문구를 신경질적으로 비웃었다. 직설적으로 표현하지는 않았지만, 생명보험의 수익자는 유족이기 때문에 유산을 물려주기 위해서라도 생명보험에 가입하라고 에둘러 말하고 있었다. 많이 가입할수록 더 큰 보험금이 나오니 배우자와 자식을 생각한다면 생명보험에 드는 것이 똑똑한 방법이라고 은근히 부추기는 꼴이었다.

"전 이런 생명보험 광고가 신체사기를 부추기는 것처럼 들리기도 해요."

"차량사기는 다른가?"

채광이 시큰둥하게 물었다.

"자동차보험은 비례보상이잖아요. 보험금 한도가 정해져 있잖습니까. 하지만 생명보험은 아무리 많이 가입해도 중복 보상해주잖아요. 한 번만 완전범죄를 저지르면 로또보다 더 많은 보상이 있는 셈이죠. 설령 걸린다고 해도 우리나라는 처벌도 엄청 약하잖습니까."

"천민자본주의에 대해서 연설하고 싶은 거야? 나와 오 분석관의 월급이 어디서 나오는지만 생각해. 다른 쓸데없는 생각 말아."

기준이 계속되는 광고를 듣기 싫다는 듯이 라디오를 껐다.

"저 월급 많이 준다는 소리에 KS생명 들어온 건 맞는데, 그런데요……"

기준의 목소리가 미세하게 떨렸다.

"제가 보상팀에서 인턴할 때 소액 건으로 청구 들어온 게 있었어요. 뭘 잘 모르는 계약자가 불필요한 서류를 내는 바람에 보험금 청구가 거절될 뻔했는데, 제가 그 서류를 몰래 버려서 그 사람은 보험금을 다 받을 수 있었죠."

"자네 같은 FM이 그런 행동을 했단 말이야? 나라면 계약자한테 따로 연락해서 생색이라도 냈을 텐데."

"감사 인사를 바란 것도 아니었습니다. 비록 이렇게 보험사의 월급쟁이로 있지만, 그래도 최소한…… 인간의 도리는 지켜야 하지 않을까 싶었습니다."

"……"

여태껏 시들하게 듣고 있던 채광이 '인간의 도리'라는 말에 감화를 받았는지 자세를 고쳐 앉았다. 채광은 무언가를 고민하다가 조심스럽게 입을 열었다.

"성심모텔 사무장한테 왜 사체유기죄가 붙은 거냐고 물었지? 그놈의 늙은 아비가 자연사했는데, 그 시신이 4년 넘게 방치됐어."

"왜죠?"

"그 사무장병원을 등록한 의사면허가 아흔 살 아버지 명의였거든. 아버지의 죽음이 전산에 등록되는 순간, 불법 병원은 바로 문을 닫아야 하니까. 등록한 의사가 죽었는데 어떻게 운영을 이어갈 수 있겠어? 의사면허가 없어지는데."

"설마…… 돈을 더 벌자고 아버지의 시신을 썩게 내버려둔 겁니까?"

"정확히 말하자면 썩지는 않았어."

"예?"

"비누가 되었거든."

"……비누요?"

채광은 최대한 덤덤한 태도로 그날 일을 꺼내기 시작했다.

3

 지난겨울에는 유독 눈이 많이 내렸다. 채광은 동작경찰서 강력팀 형사들이 사무장을 체포하러 그의 자택으로 향하는 작전에 동행했다.
 신대방동의 골목길이 그날따라 유난히 구불구불하게 느껴졌다. 늦은 시각이라 적막했으나 아이들이 만든 크고 작은 눈사람들이 동네를 지키는 보초병처럼 어둠 속에 서 있었다.
 형사가 어떤 구옥 앞에 서자, 채광은 멀찌감치 떨어져서 대기했다. 비록 그가 사무장병원의 불법영업 정황을 파악해서 경찰에 제보한 공을 세웠지만, 어쨌거나 그는 경찰이 아니라 보험사의 직원이었기 때문에 작전의 참관인 자격만 있었다. 경찰이 체포하는 것을 지켜보다가 사무장이 잡히면 KS생명보험사의 입장을 전달하는 정도의 역할만 하면 되었다.
 강력팀 형사들이 진입한 지 5분도 채 되지 않아 사무장이 반항하다가 제압되는 소리가 들리며 체포는 심심하게 종료되었다. 채광이 편하게 철문을 열고 안으로 들어가자 잡초가 무성한 마당이 보였다. 그 위로는 오래된 한옥의 터 두세 개를 합한 후 개조해서 만든 것처럼 디귿도 아니고 리을도 아닌, 이상하게 꺾인 구조의 주택이 우뚝 서 있었다.

채광이 현관을 열고 들어가자 내부는 더 기이했다. 한옥 한 두 칸 정도의 면적을 리모델링한 듯한 공간이 나왔고, 복도의 양옆으로 작은 방이 다닥다닥 붙어 있었다. 좁게 구부러진 복도를 걷다보니 흡사 미로에 들어와 있는 듯했다.

그 끝은 부엌이었다. 야식으로 라면을 끓여먹다가 체포되기라도 한 건지, 개미핥기를 닮은 사무장이 등뒤로 수갑을 차고 싱크대에 기대어 있었다. 그는 다른 형사들과는 다르게 멀끔한 양복 차림의 채광을 발견하고는 저열하게 웃었다.

"당신이었구나? 우리 환자들 쫓아다니며 이것저것 캐묻는 놈이 있다더니."

"……"

채광은 분란을 피하기 위해 눈짓만 하고 지나쳤다. 강력팀장과 형사들이 거실의 이것저것을 둘러보는 중이었다. 한쪽 벽에는 서양식 벽난로에서 장작이 타는 중이었고 반대편 벽에 걸린 거대한 TV에서는 예능 프로그램이 방영중이었다. TV의 양옆으로 억대에 가까운 플로어스탠딩 스피커와 고급 앰프가 세워져 있었다.

채광은 벽난로 위에 놓여 있는 사진들을 물끄러미 바라봤다. 사무장의 단독 사진 몇 개와 어머니와 함께 찍은 사진들이었다. 그런데 희한하게도 아버지의 사진이 없었다. 분명히 아버지의 주소지도 신대방동 주택인데.

"형사님, 아버지는 체포했습니까?"

"아뇨, 저희도 그게 이상해요. 어디 숨은 건지, 아니면 이미 튄 건지."

때마침 다른 형사가 사무장을 끌고 나오자 강력팀장이 채근했다.

"이봐요, 당신 아버지는 어디 있어요?"

"꼰대 새끼가 어디에 있는지 내가 어떻게 알아요."

사무장은 강력팀장의 눈을 피하며 둘러댔다. 찰나였지만, 채광은 그의 시선이 힐끔힐끔 어딘가를 곁눈질한다는 사실을 깨달았다.

"같이 살고 있는 걸로 나오는데, 모른다는 게 말이 돼요?"

"꼰대 못 본 지 몇 년 됐어요. 얼른 서로 갑시다."

도리어 사무장이 먼저 현관 쪽으로 몸을 돌렸다. 하지만 강력팀장은 휘둘리지 않았다.

"아버지 명의로 사무장병원을 불법 개원해놓고 아버지가 어디 있는지 모른다?"

"아이, 그게 벌써 몇 년 전 일인데. 모른다니까요."

"……"

두 사람의 대화를 가만히 듣던 채광이 수상한 낌새를 느끼고는 안쪽으로 더 들어갔다. 몇 개의 작은 방을 지나치자 복도 끝에 문이 굳게 닫힌 방이 있었다. 문고리를 잡고 돌려봤지만 잠겨 있었다.

채광은 서류가방에서 록픽*을 꺼내서 몰래 문을 따고 들어갔다. 벽 한 면이 사선으로 되어 있는 사다리꼴 비슷한 모양의 서재였다.

오랫동안 아무도 들어오지 않았던 것처럼 책상 위에 잿빛 더께가 앉아 있었다. 그리고 그 위에 무질서하게 쌓여 있는 자그마한 액자들. 채광은 개중 하나를 집어들었다. 사무장의 아버지 사진이었다. 다른 사진들도 마찬가지였다. 온통 늙은 아버지의 사진이었다. 마치 그의 사진을 보기 싫어한 누군가가 한데 모아서 버려놓은 것처럼.

서재에서 별다른 것이 발견되지 않자 채광은 천천히 나왔다. 아예 집밖으로 나와서 마당을 둘러보던 중 한때는 한옥의 주춧돌이었을 닮은 바위를 몇 개 보았다. 너럭바위의 개수를 세며 주택을 빙 둘러보니 이상하게 잡초와 썩은 나뭇가지가 솟아오른 곳이 나타났다. 리모델링하기 전에 아궁이를 쓰던 부엌이었

---

* Lockpick, 자물쇠의 핀을 조작해 잠금을 해제하는 도구.

던 것처럼 지대가 한 뼘쯤 내려가 있었다. 그 앞에 서서 올려다보니 서재의 창문이 보였다. 우연일까. 채광은 호기심을 이기지 못하고 눈이 쌓인 나뭇가지를 걷어냈다. 엉겨붙은 채로 얼어 있는 식물들을 떼어내는 건 쉽지 않았다. 그를 지켜보던 형사들 몇이 도와주어 간신히 잡풀을 다 걷어내자 그곳에 주홍빛으로 녹슨 아주 두꺼운 철제문이 나타났다.

"이 안은 뭘까요? 창고인가?"

옆에 있던 형사가 물었다.

"들어가보면 알겠죠."

두 사람이 철제문을 동시에 당겼다. 오랜 시간 여닫은 이가 없었던 건지, 건장한 남자 둘이 낑낑 안간힘을 주고 나서야 녹슨 경첩이 비명을 지르며 문이 겨우 움직이기 시작했다. 채광은 서류가방에서 손전등을 꺼내 안을 비춰봤다. 낮은 계단 끝에 깊은 어둠이 올려다보고 있었다. 몇 초 후, 고린내가 스멀스멀 흘러나왔다.

"윽!"

젊은 형사가 코를 막고 뒷걸음질했다. 채광은 놀라지 않았다. 과거에 강력팀 형사로 10년 넘게 일하면서 별의별 희한한 냄새를 다 맡아봤기 때문이다.

이 냄새는 시취와 비슷했다. 어둠 속에서 무언가, 혹은 누군가 썩고 있는 냄새였다.

채광은 침을 꼴깍 삼키고 계단을 내려갔다. 아래에 다다를수록 냄새는 코를 찔렀다. 하지만 어딘가 모르게 그가 알고 있던 시취와 묘하게 달랐다. 이상하리만큼 은은하면서 달콤한 냄새가 뒤섞여 있었다고나 할까. 그런 사실이 그를 더욱더 불안하게 만들었다.

지하실 바닥에 도착했을 때, 채광은 어떤 허연 물체가 이동식 욕조 안에 있는 것을 보았다. 시신일 것이라 예상했기 때문에 침착하게 다가갈 수 있었다. 그는 천천히 손전등을 욕조로 향해 비추며 한 걸음씩 나아갔다.

그러나 안의 시신을 확인하는 순간 너무나 큰 충격에 휩싸였다. 몸에서 힘이 쭉 빠지는 듯했다. 채광의 손에 들려 있던 손전등이 떨어지며 와장창 박살났다.

4

"뭐였습니까? 혹시 토막 난 시체?"
기준이 물었다.

"……아니, 그런 거라면 그전에도 보아왔으니 그렇게 놀라진 않았겠지. 잔인한 걸 본 게 아니었어. 그때 내 느낌은 참담했다고 해야 하나, 구슬펐다고 해야 하나."

"시신이 구슬퍼요?"

채광이 뜸을 들이더니 말했다.

"나도 말로만 들어봤지 실제로 본 건 그때가 처음이야. 백 살에 가까운 노인이었는데, 비누가 되어 있었어."

"사람이 어떻게 비누가 됩니까?"

"실제로 비누가 되었다는 게 아니야. **시랍화**가 된 상태였어. 왜 몇 가지 조건이 맞으면 시신이 마르면서 미라가 된다고 하잖아? 그 반대로 축축하고 공기 흐름이 차단되는 특수한 환경에서는 시신 위로 이상한 기름막이 끼게 돼. 꼭 비누처럼. 그래서 비누화라고도 하지."

"끄, 끔찍한 모습이었겠네요."

"……그 반대였어. 노인의 모습은 완벽하게 보존된 밀랍인형처럼 보였어. 잠들어서 부르면 바로 일어날 것 같은 얼굴이었지."

"예?"

"시랍화가 된 시신은 몸을 덮은 지방산이 방부제 역할을 해줘서 부패가 일어나지 않거든. 그 뒤로 술을 먹지 않으면 그날의 그 비누가 되어버린 늙은 시체가 자꾸 떠올랐어. 죽었는데도 아들 때문에 편히 눈을 감지 못하는 늙은 아버지의 생생한 얼굴이……"

그날의 기억이 괴로운 건지, 술을 마시지 않아서 금단현상이 발현된 것인지 채광이 미세하게 손을 떨었다. 그가 주먹을 꽉 움켜쥐었다가 풀었다.

"그 기괴한 사무장 진짜 패륜적인 인간이네요. 아버지가 그 꼴인데 돈 때문에 방치하다니요."

"……나도 처음엔 그렇게 생각했는데, 시간이 지나니까 어쩌면 죽은 아비가 그걸 바랐을 수도 있었겠다는 생각이 들더라고."

"왜죠?"

"그 사무장 말이야. 그 나이 먹도록 제 손으로 돈 한 번 안 벌어본 '은둔형외톨이'였어. 흔히 일본에서 '히키코모리'라고 부르는 애들 있잖아. 게다가 외동아들에다가 늦둥이였어. 얼마나 금이야 옥이야 자랐겠어. 아버지는 세상을 떠나더라도 어느덧 '은둔 중년'이 되어버린 아들이 걱정되어서 뭐라도 더 해주고 싶었을지도 몰라."

"자기가 죽으면 장례도 안 치르고 비누가 되게 내버려두는 걸 말씀하시는 겁니까?"

"애초에 불법인 걸 알면서도 아들한테 의사면허를 빌려준 노인이야. 어쨌든 검사는 가족이라면 당연지사 죽은 이의 장례를 치를 의무가 있는데, 그 모든 것을 방관한 사무장을 사체유기죄로도 기소한 거지."

"……그 불법 사무장병원에서요. 하필이면 강선자 씨가 근무했었던 겁니까?"

기준이 조수석에 폭 파묻혀 있는 채광을 돌아봤다.

"만약 내가 성심모텔병원의 불법 영업을 잡아내지 않았다면, 강선자는 계속 그 병원에서 주급을 받아서 빚을 다 갚았을지도…… 어쩌면 보험금을 노린 이런 살인은 일어나지 않았을 수도 있지."

"설마 스스로를 자책하시느라고 낮부터 어울리지 않게 폼 잡고 계신 겁니까? 논리의 비약입니다."

"폼 잡기는 무슨. 가끔은 이 삶의 굴레라는 게 참 지긋지긋하단 생각을 하고 있었을 뿐이야."

머쓱한 얼굴로 우울을 털어내려던 채광에게 미영의 문자가 날아왔다. 문자를 확인한 채광의 얼굴이 곧바로 굳어졌다.

"왜 그러십니까?"

"차 돌려. 먼저 가야 할 곳이 생겼어."

5

채광이 도착했을 때, 최길중은 응급실 병상 손잡이에 수갑으로 손이 단단히 묶인 채 잠들어 있었다. 그 옆으로 근무복 입은 경찰관이 서 있었고 미영도 안절부절못하고 주변을 서성거리고 있었다.

"어떻게 된 거야?"

"스스로 목을 맸어. 후…… 미치겠네."

미영이 죽을상을 하며 자책했다.

"진술을 거부하던 사람이 갑자기 왜?"

"내가 피의자로 전환해서 구속수사 할 거라고 겁줬거든."

"상태는?"

"의사 말로는 의식은 있고 잠시 기절한 것뿐이래. 곧 일반병동으로 옮길 거야."

"너무 개의치 마. 사고였다고 생각해."

"아냐, 형님."

미영이 얼이 나간 채 고개를 저었다.

"최길중 소지품에서 청산가리가 나왔어."

"청산가리? 독극물을 왜 가지고 다닌 거야?"

"막내가 잘 압수했기에 망정이지. 만약에 그걸 사용했다면 유치장에서 즉사했을 거야. 이 사람, 처음부터 자살을 염두에 두고 있었던 것 같아."

"대체 무엇 때문에?"

"수사망이 좁혀올 때를 대비해서였겠지."

채광은 숨죽이고 잠든 최길중을 내려다봤다.

도대체 이 노인은 무엇이 켕겼던 걸까. 어떠한 대답도 거부하다가 수사가 진행되며 점점 진범으로 몰려가자 돌연 자살을 시도했다. 그런데 이것 또한 미리 계획되었던 것처럼 독극물을 소지하고 있었다, 언제든 쓸 수 있게. 꼼꼼 박사라는 별명답게 완전범죄를 꿈꿨지만, 실패했을 경우도 꼼꼼히 대비해놨던 걸까.

"저 사람이 사채업자한테 아내 이름으로 돈을 빌린 걸 확인했어. 아들 역시 마찬가지였고. 최창기는 찾았어?"

"아니, 고시텔도 겨우 최길중 미행해서 찾아낸 거였어. 최창기는 이 부부보다 더한 유령이야. 명의로 등록된 휴대전화도 없고 신용카드도 없어. 은행 계좌도 없고 병원기록도 당연히 없고."

"어떻게든 이 영감 옆에 붙어 있어야겠네. 그나저나 넌 괜찮겠어?"

"하…… 벌써 내일 아침이 걱정된다."

채광은 피로에 전 미영을 안쓰럽게 바라보았다.

6

"아내 서명이 맞아."

"네? 그럴 리가 없는데요. 확실한 거예요?"

필적감정사가 확신에 차서 강선자의 편지를 내밀었다.

"최근 필적이랑 대조해본 거야. 강선자 씨의 서명이 확실해."

"자, 잠깐만요. 그게 무슨 말입니까?"

채광은 지금 상황이 이해되지 않았다. 보험계약서에 서명된 필체가 강선자의 것과 일치한다니? 그럴 리가 없었다. 그의 추론대로 최길중이 아내와 닮은 이를 데리고 다니며 보험에 가입했다면, 글씨체를 연습했다고 하더라도 위조한 티가 날 것이라고 예상했기 때문이다.

"글씨체도 나이가 들면서 변하는데, 강선자 씨가 죽기 얼마 전에 쓴 편지를 갖고 오셨잖아. 그래서 더욱 확실한 거지."

"아, 아뇨. 잠시만. 최근 편지라고 하셨어요?"

"안 실장, 끝까지 다 안 읽어봤구나. 마지막 장에 '올해 68번째 생일 축하한다'고 쓰여 있어. 남편 나이가 68세 아니야?"

"맞아요."

"그러니까 죽기 불과 석 달 전에 남편한테 쓴 편지겠네."

"……"

세 달 전이라면, 강선자가 남편에게 맞았다는 가정폭력 신고가 파출소에 들어왔을 때 즈음이다. 전혀 앞뒤가 맞지 않는다. 온몸에 멍이 들도록 때린 남편에게 정성스러운 손 편지를 쓴다? 지금까지 조사해본 바, 대쪽 같은 강선자의 성미와는 더더욱 어울리지 않았다.

"남편한테 한창 상습적인 가정폭력으로 시달릴 땐데, 정성스럽게 쓴 손 편지를 다섯 장이나 넘게 줬다고요?"

"뭐, 그거까진 내 소관이 아니라 잘 모르겠다만, 강선자 씨는 지읒 자를 쓰는 순서가 특이하거든. 사람들은 대개 위 가로줄을 먼저 긋고 시옷을 쓰는데, 이분 같은 경우는 시옷을 먼저 쓰고 그 위에 가로줄을 긋는단 말이야."

"얼마나요. 얼마나 확신하세요?"

"보통 일치율이 70퍼센트만 넘어도 동일인으로 보는 게 정석인데, 이건 90퍼센트를 넘어."

"……이게, 무슨 일이지."

당황한 채광이 혼잣말처럼 주워섬겼다.

"부부 사이가 좋았다는 건가…… 남편이 자신을 죽일 것을 알고도 보험계약서에 서명을 하고 돌아다녔다는 거라면, 설마 **촉탁살인**이라는 건가."

"그런데 그런 건 직접증거가 있지 않은 한 법정에서 증명하기 어렵지 않아? 뭐, 어쨌든 강선자 씨가 보험계약서에 서명한 건 확실해. 남편이 시켰는지, 본인이 의지가 우러나서 했는지는 모르겠다만."

감정사는 강선자의 편지를 소중하게 접어서 봉투에 넣어 채광에게 건넸다. 채광은 넋이 나간 채로 봉투를 받아들었다.

머릿속이 혼란스러웠다. 전혀 예상 밖의 전개였다. 감정사의 말을 곧이곧대로 받아들인다면, 강선자는 남편과 공모해서 생명보험을 여러 곳에서 가입한 후, 자신을 죽이게끔 합의했다는 것이다. 곧 세상을 떠날 시한부 아내가 평생 장애를 가진 채 살아야 하는 남편을 위해서 촉탁살인을 의뢰한 셈이었다. 그에게 보험금을 남겨주려 했다고 볼 수 있었다. 어쩌면 아내의 시신이 화장로로 들어갈 때 흘렸던 최길중의 눈물은 진심이었을 수도 있다. 그가 조사 내내 묵비권을 행사한 것도 연기가 아니라, 진실로 충격을 받은 탓이었을까.

결론이 이쯤 미치자, 채광은 차라리 잘되었다고 생각했다.

2안. **수익자의 살인**.

즉, 보험금을 받을 남편이 아내를 살해한 것이라면 KS생명보험사의 보험금 지급 의무는 면책되기 때문이다. 그는 서둘러 최길중이 있는 대형병원으로 돌아가기 위해 자리에서 일어났다.

7

창문을 거칠게 때리는 비바람 소리에 최길중이 눈을 떴다. 주위를 둘러보니 병실인 듯했고 눈앞에는 TV가 음소거 상태로 켜져 있었다. 뉴스 화면 하단에 시뻘겋고 큰 글씨로 '태풍 최대 풍속 25m/s, 서울을 통과해 경기 북부로 진입중'이라는 문구가 지나가고 있었다.

최길중이 움직여보려 했지만, 손목에 채워진 수갑이 병상 손잡이에 걸린 채 꿈쩍도 하지 않았다.

"일어났습니까?"

어느샌가 미영이 다가왔다.

"……"

"아쉽게도 이곳은 천국이 아닙니다."

최길중은 어안이 벙벙해 둘러보다가 금방 허탈해하며 뒤로 기댔다. TV 속의 자막은 이제 '시간당 최대 200mm가 넘는 국지성 호우가 계속될 예정'이라고 바뀌어 있었다.

투두둑, 투두둑. 비는 더 강력하게 창문을 흔들었다.

"치료 끝나는 대로 경찰서로 돌아가게 될 겁니다."

"……"

"최길중 씨, 지은 죄가 있다면 비겁하게 도망치지 말고 심판을 받으세요."

그가 대답하지 않을 것을 이미 예상했는지 미영은 통보하듯 말한 뒤 그길로 병실을 나갔다. 이윽고, 근무복을 입은 경찰관이 들어와서 최길중의 옆에 섰다.

복도에서 기다리던 기준은 힘들어 보이는 미영에게 자판기에서 뽑은 따뜻한 코코아를 건넸다.

"뭘 드실지 몰라서."

"아, 고마워요."

두 사람은 복도에 놓인 벤치에 나란히 앉았다. 새벽이라서 지나다니는 사람이 거의 없었고 가끔 야간 당직을 서는 간호사의 가만가만한 발소리만 들렸다.

"팀장님, 괜찮으세요?"

"친한 기자들이 전화를 안 받네요. 피의자를 무리한 수사로 몰아붙여서 자살 시도까지 하게 만들었다는 뉴스가 곧 포털에 도배되겠죠."

"무리한 수사가 아니었잖습니까."

"기자들한테 그런 건 중요하지 않아요."

"그런 게 사건을 수사하는 데 영향을 끼치기도 합니까?"

"형사들도 사람인데요. 괜히 소극적으로 태도가 바뀌죠. 검사도 확실한 물증을 찾기 전에 기소하는 걸 꺼리게 되고요."

"결국, 그날 사라진 실크 스카프를 찾아야 하는 거네요."

미영은 우울하게 자신의 종이컵을 내려다보았다. 그녀의 취향이 아니었는지 코코아는 한입도 마시지 않았다.

"기다려보세요. 시원한 걸 좀 사다드릴게요."

기준이 눈치껏 일어났다.

복도 끝의 휴게실에 있는 자판기가 먹통이라 기준은 병원 1층까지 내려가야 했다. 최소한의 조명으로 밝혀진 로비는 침침했다. 현황을 알려주는 모든 전광판의 불빛이 꺼진 아래, 링거를 맞고 있는 환자들이 삼삼오오 모여 앉아서 두런거렸고 몇 몇 대기석에서는 보호자들이 새우잠을 자고 있었다. 응급실 입구의 의자에도 사람이 없어 무탈한 새벽처럼 느껴졌다.

밖에서는 태풍이 몰아쳐도 병원 안은 한갓지고 공기는 고요했다. 그때 전화 벨소리가 시끄럽게 울렸다. 기준은 서둘러 전화를 받았다.

— 최길중은 일어났어?

"방금요."

— 지금 옆에 경찰이 지키고 있어?

"네, 그런데 어디세요? 왜 이렇게 시끄럽습니까?"

— 비 때문에 택시가 더럽게 안 잡혀. 오 분석관, 내 말 잘 들어. 경찰들 너무 믿지 말고 최길중을 직접 예의주시해.

"왜요?"

— 지금 필적감정사 만났는데, 최길중 그 노인네 꿍꿍이가 더 있어. 그러니까 경찰만 믿지 말고 오 분석관이 옆에서 바짝 지키고 있으라고.

"이건 설마 보험조사 선진 기법 중 하나인 '불침번'인 건가요? ……여보세요?"

채광이 할말만 하고 전화를 끊은 듯했다. 기준은 그가 호들갑스럽다고 여기며 편의점에서 시원한 음료를 사서 최길중의 병실이 있는 8층으로 올라갔다. 엘리베이터 문이 열리자 기준의 눈앞으로 누군가 후다닥 지나갔다. 천장의 스피커에서는 알아들을 수 없는 말이 흘러나왔지만 '코드 블루'라는 영단어만큼은 뚜렷하게 들렸다. 그간 어디에 숨어 있었을지 모를 의사와 간호사들이 모두 튀어나와 복도 끝으로 내달렸다. 그 끝에는 최길중의 병실이 있었다.

기준의 목뒤로 싸한 소름이 훑고 지나갔다. 그는 서둘러 따라붙었다.

"으아아악!"

병실에 도달하기도 전에 최길중이 단말마의 비명을 질러대는 것이 들렸다. 의사를 따라 병실 안으로 뛰어 들어가자 경찰관이 초조하게 왔다갔다하며 가만히 있지 못했다.

병상에서는 최길중이 허리를 높이 쳐들며 괴성을 질렀다. 의사가 어리바리한 경찰관에게 다급하게 외쳤다.

"이분 병력이 있습니까?"

"어, 어…… 그게 전 그냥 지키고 있으라고……"

"베체트병 환자입니다."

기준이 끼어들자 의사는 그럴 줄 알았다는 듯이 끄덕였다.

"급성복증*입니다. 당장 개복수술을 해야 해요."

---

* 급격히 일어나는 복통.

단순히 기준이 판단할 수 있는 문제가 아니었기에 경찰관에게 물었다.

"김 팀장님은 어디 가셨어요?"

"형사과장님 호출받고 서에 가셨어요."

높이 올라갔던 최길중의 허리가 이제는 병상을 부수고 밑으로 내려가려는 것처럼 쾅, 소리를 내며 부딪쳤다. 귀신들린 사람처럼 사지를 들썩이자 수갑을 찬 손목이 찢어지며 피가 흘러나왔다. 의사가 더는 못 참겠다는 듯 고함쳤다.

"우선 수갑부터 풀어주세요!"

"어…… 티, 팀장님과 통화를 해보고……"

"이렇게 묶인 채로 수술을 할 수는 없어요. 얼른요! 이대로 두면 쇼크가 올 수도 있어요. 그때는 저희 책임이란 말입니다!"

의사가 단호하게 으르자 경찰관은 얼떨결에 수갑을 끌러주었다. 의료진이 발작하는 최길중을 이동침대로 옮긴 다음 침대를 힘껏 밀며 병실 밖으로 튀어나갔다. 간호사는 응급환자용 엘리베이터 앞에 침대를 세워놓고 소화기내과 교수를 찾는 전화를 여기저기 돌렸다.

최길중은 복부에서 일어나는 엄청난 고통을 이겨내느라 뱃가죽을 움켜잡다 못해 쥐어뜯었다. 다른 간호사가 진통제를 주사하려 했지만 그가 몸부림치는 바람에 바늘을 꽂을 수조차 없었다.

엘리베이터 문이 열렸고, 의료진과 이동침대가 탔다. 기준과 경찰관이 따라 타려 하자 간호사가 "타시면 안 돼요! 계단으로 오세요!" 하며 박대했다. 몇 층에 수술실이 있느냐고 묻기도 전에 문은 닫혀버렸다.

기준은 엘리베이터가 4층에 멈추는 것을 확인하고 황급히 계단으로 뛰어내려갔다. 네 개 층만 가면 되었다. 4층에 도착해 엘리베이터를 향해 뛰어갔는데, 무언가 이상했다. 환자 이동침대의 다다닥거리는 바퀴 소리와 의료진의 수선스러운 대화가 들릴 거라고 예상한 것과는 달리 복도가 잠잠했다. 기준은 황급히 엘리베이터 안을 들여다봤다.

간호사는 겁에 질려 바닥에 주저앉아 있고 의사는 기절해 있었다. 결정적으로 이동침대 위에 최길중이 없었다!

"어디 갔어요?"

"카, 칼로 저를 협박...... 하, 하고 데, 데, 데려...... 갔어요."

간호사가 사시나무 떨듯 대답했다.

"데려가요? 누가요? 어디로요?"

"보, 본관 구름다리......"

간호사가 간신히 왼쪽을 가리켰다. 경찰관이 간호사와 의사를 살피는 사이, 기준은 구름다리를 향해 뛰었다. 계단을 뛰어

내려오느라 차오른 숨이 턱 끝에서 모이며 들숨과 고통스럽게 맞부딪혔다.

구름다리를 건너자 환자복을 입은 최길중이 절뚝거리는 다리를 이끌고 누군가의 부축을 받으며 재빠르게 걷는 뒷모습이 보였다. 그들은 다른 엘리베이터에 올라탔다. 기준이 몰래 뒤를 쫓았지만 간발의 차로 문이 닫히며 눈앞에서 그들을 놓쳤다. 하지만 그는 문이 닫히는 찰나 엘리베이터에 탄 또다른 남자가 최창기라는 것을 알아차렸다. 다행히 그들은 기준을 알아보지 못한 듯했다.

엘리베이터는 3층…… 2층…… 1층…… 지하 1층…… 그리고 지하 2층 주차장에서 멈췄다. 기준은 또다시 계단을 이용해서 지하 2층까지 뛰어내려갔다. 허벅지가 터질 듯하고 장딴지는 타들어가는 것 같았다. 지하 2층에 도착한 기준은 문을 박차고 열며 듬성듬성 주차된 자동차들을 살폈고, 최창기가 허름한 소형차의 운전석에 올라타는 것을 발견했다. 그를 다시 보자 일전에 맞았던 눈두덩이 괜히 욱신거리는 것 같았다.

기준은 뜀박질로 쫓아가는 것은 불가능하다는 합리적인 판단을 내리고는 멀지 않은 곳에 세워져 있는 자신의 차로 다가가 슬쩍 올라탔다. 최창기의 고물차가 굉음을 내며 주차장 램프웨이 위로 치고 나갔다. 번호판을 보니 렌터카인 듯했다.

기준은 차를 몰아 적당한 거리를 유지하며 몰래 따라갔다. 생각해보니 벌써 두번째 하는 께름칙한 미행이었다. 하지만 사익이 아닌 보험사기를 잡아내기 위해서라면 괜찮다는 대법원 판례가 있다고 했다. 기준은 침을 꼴깍 삼키고 계속해서 최창기의 뒤를 밟았다.

병원에서 적당히 멀어지자 최창기는 속도를 내지 않았다. 아마 아무도 쫓아오지 않는다고 생각하고 안심한 모양이다. 도리어 이목을 끌지 않으려고 최대한 노력하는 것처럼 때마다 깜빡이를 켜고, 신호를 준수했다.

시내 교차로에서 몇 번 방향을 틀더니 렌터카는 강변북로에 올라탔다. 깊은 밤이라 차들이 없었지만, 비가 너무 많이 와서 추적하기 쉽지 않았다. 와이퍼가 한 번씩 기준의 눈앞을 훑고 돌아갈 때마다 정신을 바짝 차려야 했다. 그러다 안정적인 거리를 유지하며 따라간다는 판단이 들어 곧장 채광에게 전화를 걸었다.

"최길중이 최창기와 함께 도망칩니다."

— 뭐? 아니, 내가 바짝 붙어 있으라고 강조를 했잖아!

"걱정 마십쇼. 제가 지금 따라가고 있습니다."

― 엥? 미행하고 있다는 거야? 어느새 SIU조사관 다 됐네.

"지금 강변북로입니다."

― 명심해. 이번엔 따라붙기만 해. 저번처럼 나서지 말라고. 내가 곧 갈 테니까.

쏟아지는 빗속이라 뒤늦게 깨닫긴 했지만, 어딘가 모르게 익숙한 도로를 달리고 있었다. 기준은 전광판을 올려다보고 기시감을 강하게 느꼈다.

안녕히 가십시오.

내비게이션에서도 자동차가 서울을 벗어나 자유로로 진입한다는 안내가 흘러나왔다.

"실장님, 차가 자유로로 빠집니다. 일산이나 파주 방향으로 가는 것 같은데요."

― ……설마.

"왜요?"

잠시 후, 채광이 탄식을 내뱉었다.

― 아내를 보러 가는 거야.

[봉안]

1

하늘이 뚫린 게 분명했다.

폭우로 인해 바로 앞차의 꽁무니도 잘 보이지 않았다. 가로등과 다른 차의 꼬리등이 뿜어내는 형형색색의 빛들이 차창에 흩뿌려지자 별세계로 빨려들어가는 듯한 착각이 일었다.

기준은 미행 도중에 렌터카를 놓치고 말았지만, 채광의 말대로 시립봉안당으로 향했다. 분명히 최길중 부자는 그곳을 향했을 것이라고 했다.

주차장에 들어서자마자 우의를 입은 직원이 헐레벌떡 튀어나오며 기준을 제지했다.

"문자 받고 오신 거죠?"

"······네? 예."

기준이 얼떨결에 대답했다.

"얼른 들어가보세요!"

기준의 대답을 마저 듣지도 않고 직원이 급히 경광봉을 흔들자 주차장 차단기가 올라갔다.

봉안당 앞에 다다르자 관리단 직원 서너 명이 우의를 입은 채 양동이 한가득 물을 퍼 나르고 무거운 모래주머니를 입구 옆에 쌓고 있었다. 옆에서는 양수기 두 대가 덜덜 돌아가며 힘겹게 물을 뱉어냈다. 기준은 차에서 내리며 분주히 움직이는 직원을 붙잡고 물었다.

"이게 다 무슨 일입니까?"

"보면 모르세요? 빗물이잖습니까! 발 조심해!"

다른 젊은 직원이 발을 헛디디며 넘어지려 하자 그가 소리쳤다.

"혹시, 다리가 불편한 노인이랑 그 아들이 들어가는 걸 못 봤습니까?"

"예? 보긴 뭘 봐요! 자꾸 말 시키지 말고 나오세요!"

직원은 물음에 답할 여유가 없는지 곧바로 큰 바가지를 들고 봉안당 안으로 들어갔다.

안은 생난리였다. 천장의 마감재를 뚫고 곳곳에서 빗물이 흘러내렸다. 지상에는 빗물이 고이지 않아 다행이었지만, 지하에 있는 봉안단들이 침수될 위기에 놓였다. 돔 천장에서 흘러내린 물은 나선계단을 깔대기 삼아 지하 1층으로, 그리고 지하 2층으로 쏟아져내려갔다. 그 아래에서 소란스러운 소리가 들리는가 싶더니, 나선계단을 타고 직원이 급하게 올라왔다. 그는 얼굴이 퍼렇게 질린 채 기준을 지나쳐 갔다.

기준이 계단 아래를 내려다보니 빗물이 무서운 속도로 차오르고 있었다. 최길중과 최창기가 저 아래에 있을 것이란 예감이 그의 머릿속을 스쳐지나갔다. 기준은 두려움도 잊고 무언가에 홀린 듯 나선계단을 내려갔다. 저벅저벅 걸을 때마다 층계를 타고 흐르는 빗물이 발끝에서 질퍽거렸다. 난간을 꽉 붙잡으며 지하 2층에 도착하자 물이 무릎까지 올라왔다. 가장 아래에 있는 봉안단은 이미 빗물에 잠겨 사라져버렸다. 더 걸어가자 복도 끝에 최길중과 최창기가 유니폼을 입은 관리직원의 죽지를 잡아끌며 소리를 지르고 있었다.

"얼른 밑에 단 열어!"

"안 돼요! 빨리 나가야 해요! 우리 다 죽습니다!"

최길중이 절절매는 직원의 눈앞에 갑자기 단도를 들이밀었다. 직원이 놀라 자빠지며 물에 빠졌다. 넘어지면서 크게 팔을 휘적거리는 바람에 최길중의 손을 쳤고, 단도는 열쇠꾸러미와 함께 물밑으로 가라앉았다. 직원은 허둥거리며 일어나더니 도망치듯이 내뺐다.

최창기가 물속을 뒤져 열쇠 뭉치를 건져냈다. 그는 열쇠를 고르더니 이미 빗물 속에 잠겨버린 엄마의 유골함이 들어 있는 단을 열기 위해서 고개를 아래로 수그렸다. 그때 기준이 나타나 소리쳤다.

"최길중 씨! 최창기 씨! 다 죽을 겁니까? 얼른 나와요!"

기준이 최창기의 팔을 잡아끌자 손에 들고 있던 봉안단 열쇠꾸러미가 다시 빗물 속에 빠졌다. 최창기는 기준을 떼어내기 위해 그를 밀치며 실랑이를 벌였다. 두 사람은 치고받으며 물속으로 첨벙 넘어졌다. 그때 위층에 고인 빗물의 무게를 견디지 못하고 천장 마감재가 하나둘씩 떨어져내렸다. 빗물은 무서운 속도로 불어나 세 사람의 허리까지 차올랐다. 하지만 최길중은 그곳을 벗어날 생각이 없는 듯했다. 아들과 기준이 싸우는 사이 그는 물속에 머리를 넣고 아내의 봉안단 열쇠를 찾으려 했다. 그러나 불편한 다리가 문제였다. 조금씩 고개를 숙이다가 고장난 목각 인형처럼 앞으로 고꾸라져버리고 말았다. 물속을 허우적거리면서도 그는 포기하지 않았다. 무서운 집념이자 광기였다. 마침내 그가 대리석 바닥 위를 부유하는 열쇠꾸러미를 쓸어 잡았다. 숨을 참으며 다시 물속에 머리를 처박고 아내의 봉안단을 열기 위해 열쇠를 넣고 돌렸다. 하지만 알맞는 열쇠가 아닌지 돌아가지 않고 덜커덕거렸다. 시간이 없었다. 곧 있으면 지하가 전부 잠길 상황이었다.

최길중은 알맞는 열쇠를 찾는 것을 포기하고 열쇠꾸러미를 쥔 손으로 아내의 봉안단 유리문을 주먹질하기 시작했다.

"여보!"

최길중은 미친 사람처럼 흐느끼며 아내를 부르짖었다. 유리를 또 퍽 내리쳤다. 퍽, 퍽, 퍽. 수차례 가격한 끝에 조금씩 금이 가던 봉안단의 유리문이 깨졌다. 그의 손이 깨진 유리에 베이며 빗물이 시뻘겋게 물들었다.

유골함과 뚜껑이 부력에 의해 위로 떠오르려 하자 최길중이 황급히 붙잡았다. 그는 피가 철철 흐르는 손으로 유골함을 소중하게 안아들었다. 그사이 물이 명치 부근까지 차올랐다.

최길중은 싸우고 있는 아들과 기준을 지나치며 나선계단으로 향했다. 목발이 없었지만, 물속에 다리가 잠기는 바람에 차라리 떠오르듯 쉽게 앞으로 나아갈 수 있었다.

"창기야, 나와!"

그는 아들을 부르짖으며 맹목적인 움직임으로 계단을 먼저 올라갔다. 아버지가 무사히 유골함을 꺼낸 것을 확인한 최창기는 기준을 밀쳤다. 아버지의 뒤를 쫓아갈 심산인 듯했다. 하지만 그때, 바로 위에 있던 환기구가 버티지 못하고 텅, 소리와 함께 빠지더니 아래로 떨어졌다. 머리를 맞으며 기절한 최창기는 그대로 빗물 위로 픽 쓰러졌다. 그의 몸은 의식이 없는 것처럼 팔다리가 모두 늘어진 채 물 위에 떠 있었다.

물은 곧 기준의 어깨 높이까지 차올랐다. 기준은 덜컥 겁이 났다. 이러다 죽을 수도 있겠다는 두려움이 엄습했다. 최대한 빨리 벗어나야만 했다. 그렇지만 최창기를 두고 갈 수는 없었다. 비록 직전까지 자신을 공격했던 상대지만, 기준은 최창기를 살리기 위해 그를 잡아끌며 어떻게든 계단으로 향했다. 물의 저항을 이겨내며 움직이느라 평소보다 몇 배는 힘겨웠지만 그는 빗물이 턱밑까지 차오르기 직전 가까스로 계단에 다다랐다.

겨우 최창기를 1층 로비까지 끌어올리고 나서야 기준은 바닥에 쓰러졌다. 콜록콜록, 그가 입안에 들어간 구정물을 힘겹게 뱉어내고 있을 때였다.

"최길중은? 최길중은!"

채광의 목소리였다. 그리고 밖에서 아득히 들리는 경찰의 사이렌.

"예……?"

"최길중은 어디로 갔어?"

"콜록콜록, 먼저 위로 막……"

혼미해지는 정신을 붙잡아보려 했지만, 역부족이었다. 시야가 뱅글뱅글 돌며 정신을 차릴 수가 없었다.

"제길."

채광은 뒤따라온 미영에게 기준을 부탁하고 비상계단을 향해 질주했다.

2

옥상으로 향하는 비상문이 열려 있었다. 철문이 태풍 속에서 열리고 닫히기를 반복하며 문기둥을 쾅쾅 때렸다. 무섭게 몰아치는 바람 때문에 다리가 휘청거렸고 폭우 때문에 눈을 제대로 뜨는 것조차 힘겨웠다.

채광이 옥상으로 나가자 앞을 바라보기도 어려운 난리 속에서 최길중이 난간 끝에 꼿꼿이 서 있는 모습이 보였다. 두 팔로 아내의 유골함을 꽉 안고서.

"최길중 씨! 멈추세요! 그만, 이제 그만하세요!"

채광이 소리치자 노인이 돌아봤다. 동시에 하늘에서 벼락이 떨어져 주변이 번쩍 밝아졌다. 그 순간 최길중의 일그러진 얼굴이 제대로 드러났다. 웃는 건지 우는 건지 알 수 없는 기괴한 표정이었다.

"……꿈에 자꾸 아내가 나오는 겁니다. 계속, 숨을 못 쉬겠다고……"

빗물인지 눈물인지 모를 물줄기가 최길중의 얼굴에서 흘러내렸다.

"그런 거죠…… 돈 없으면 죽어서도 편히 저승엘 못 건너가는 거죠."

"저 기억나시죠? 저 KS생명 직원입니다."

"전 보험금을 욕심내는 쓰레기가 아닙니다."

"알아요, 압니다! 저희는 고객님 편입니다. 그러니까 난간에서 내려와서 얘기해요!"

"내가요…… 잘나갈 땐 은행이고 보험사고 매일같이 찾아와서 실적 좀 올려달라고 아우성치더니, 이제는 돈 빌려달라고 하면 아예 상대도 안 해줬어요."

그때, 지상에서 "아버지, 이제 그만하고 내려오세요!" 하고 울부짖는 최창기의 목소리가 들렸다. 최길중이 힐끗 아래를 내려다보았다. 경찰차의 경광등이 붉고 푸르게 돌아가며 세상이 어지러웠다. 높이가 아찔한 것인지, 혹은 이미 돌이키기는 늦었다고 판단한 것인지, 백발노인은 눈을 질끈 감았다가 떴다.

"최길중 씨, 들어보세요. 아드님도 그만하고 내려오라고 하잖아요."

"내려가면요?"

"정상참작될 겁니다."

"……언제는 아내는 자살이라서 보험금을 못 준다면서요. 그런데 왜 제가 정상참작을 받습니까? 결국 제가 죽였다고 의심하시는 거네요?"

최길중이 정곡을 찌르자 채광이 급히 둘러댔다. 진실이 중요한 것이 아니다. 지금은 어떻게든 최길중이 투신하는 것을 막아야 한다.

"그, 그건 보험사의 한 의견이에요. 경찰 쪽에서는 최길중 씨가 혐의를 벗은 것도 아니고…… 살해 도구도 그렇고…… 그러니까 저와 같이 가시면……"

"안채광 실장님."

최길중이 채광의 변명을 잘랐다.

"아직까지 제 대리인입니까?"

"예?"

지난번처럼 갑작스럽고 엉뚱한 질문이었다.

"대리인 위임장 받아가셨잖아요."

"……예? 아! 그럼요! 제 왼쪽 주머니에 있습니다. 아직까지는 제가 최길중 씨의 대리인입니다."

"……"

최길중이 그간 비 한 방울이라도 맞을까 소중하게 옷소매로 감싸고 있던 유골함을 내려놓았다.

"그럼 대신 내 가족 좀 잘 부탁해요. 달리 부탁할 사람이 없네요."

그러고는 휙 뛰어내렸다.

채광의 눈에 마치 느린 화면처럼 천천히 옥상 난간 너머로 떨어지는 최길중의 모습이 보였다. 채광이 달려갔지만, 도저히 구할 수 있는 거리가 아니었다.

"최길중 씨!"

채광이 내려다보았을 때는 이미 최길중의 머리가 깨져 흐른 선홍 핏물이 빗물과 함께 아스팔트 바닥 위로 쓸려가고 있었다. 옆에서 그 모습을 지켜보던 최창기가 기절했다.

채광은 황급히 현장으로 내려갔다. 미영이 최길중을 살피고 있었다. 하얀 머리가 붉게 물든 노인은 의식이 아직 붙어 있는지 목구멍에 걸린 피를 컥 토해냈다.

"구급차! 누가 구급차 좀 불러!"

채광이 달려가자 최길중은 꺼져가는 의식 속에서 그를 알아채며 무슨 말을 하려는 것처럼 입을 오물거렸다.

"아……"

"뭐, 뭐라고요?"

목소리가 너무 작아 알아들을 수가 없었다. 채광이 귀를 입에 가까이 댔다.

"아, 아…… 아무것도…… 몰라요."

최길중은 마지막으로 소곤댄 후, 파들거리던 고개를 떨어뜨렸다. 우물처럼 깊고 검던 그의 동공이 풀렸다.

"뭘 몰라? 이봐요, 최길중 씨! 당신, 도대체 뭣 때문에 이렇게까지 해!"

"……"

채광이 아무리 불러보아도 최길중은 움직임도 없이 아스팔트 바닥 위에서 서늘하게 식어갔다.

3

미영은 시르죽은 얼굴로 앉아 있는 최창기를 노려봤다. 조사실 안의 공기는 냉랭했다.

"경찰서에서부터 병원까지 아버지를 미행한 겁니까?"

"……네."

"왜죠?"

"도와드리고 싶었어요."

"뭐를요?"

"억울하실 거니까……"

최창기가 말끝을 흐렸다.

꼭 말투나 태도가 그의 아버지와 비슷했다. 단답형으로 대답하고 그마저도 성의가 없었다. 무언가를 숨기려는 듯 의뭉스러운 자세를 보이는가 하면, 한편으로는 순수하게 아무것도 모르는 어수룩한 바보 같기도 했다.

"그래서 아버지의 도주를 도운 거라고요? 억울하실 것 같아서요?"

"……제 아버지잖아요."

"그전에는 왜 아버지가 당신의 고시텔로 찾아간 겁니까?"

"이거……"

최창기가 주머니에서 한때 효도폰으로 많이 사용되었던 접이식 스마트폰을 꺼냈다. 사용한 흔적이 느껴지지 않아 표면이 매끌매끌했다. 그가 전원 버튼을 누르자 부팅이 되며 화면에 통신사의 로고가 떠올랐다.

"누구 명의입니까?"

분명 최창기의 명의로 등록된 휴대전화는 없었다. 그렇다면 대포폰일 텐데, 최길중은 어째서 아들에게 대포폰을 주었을까.

"……누구 건지는 몰라요. 이걸 주셨어요."

"왜죠?"

"어머니를 부탁…… 한다고요."

"네?"

최창기가 설명하기 복잡하다는 듯이 휴대전화를 내밀었다. 문자 수신함이 열린 화면에 몇 개의 문자가 와 있는 게 보였다. 개통한 지 며칠 안 되었는지 대다수가 시립봉안당에서 날아온 것이었다.

고인 강선자의 유골함을 잘 안치했다는 안내 문자, 대표 유족연락처로 등록되었다는 안내 문자, 하루 뒤에 도착한 태풍과 폭우를 알리는 재난 문자, 봉안당이 침수될 우려가 있으니 지하층의 봉안단에 모셔진 고인의 유골함을 빨리 꺼내 가라는 긴급 문자……

"이 문자들을 다 아버지에게 보여줬어요?"

"……저 혼자서는 못할 것 같아서……"

"그래서 봉안당으로 함께 간 거예요?"

"……예."

최길중은 꼼꼼 박사라는 별명답게 일이 틀어질 경우를 대비해 대포폰을 몰래 개통해서 아들에게 쥐여주었다. 혹시 모를 자신의 부재에도 엄마를 잘 보살피라고.

"고시텔에서는 왜 경찰을 따돌리고 도주했죠?"

"사, 사채업자들인 줄 알았어요."

"그럼 칼은 왜 들고 다녔던 겁니까?"

"호신용으로……"

"호신용? 그럼 병원에서는 왜 의료진을 겁박했어요?"

"의사와 간호사 선생님들께는 정말 죄송합니다. 다른 방법이 없었어요."

"당신 아버지가 어머니를 죽인 유력한 용의자였습니다. 그런데 도망치게 도왔다고요?"

"……두 분은 정말 서로를 아끼셨어요."

"그래요? 아버지가 어머니를 상습적으로 때렸다는 것도 알고 있었습니까?"

"예? 모, 몰랐습니다. 마지막으로 찾아뵌 게 너무 오래전이라……"

최창기가 고개를 번쩍 치켜들었다. 진짜로 처음 알게 된 사실이라는 듯.

"그때는 어떤 이유에서 찾아갔었죠?"

"……돈이 급했어요."

"그래서요?"

"……못쓸 말을 했습니다."

최창기가 회한이 깊게 서린 목소리로 말하며 고개를 푹 숙였다. 울고 있는 듯 흐느낌이 들리고 어깨가 들썩였다.

4

채광은 조사실 앞 복도를 서성이며 미영이 나오기만을 기다렸다. 불안해서인지 연신 양손을 주물렀다. 그는 성심모텔병원 사건이 의식의 수면 위로 떠오른 뒤로는 술을 한 번도 입에 대지 않았다. 금단현상 때문에 손이 계속 떨렸고 감각이 예민해졌지만, 술을 마시고 싶지 않았다. 차라리 지금은 조금 날을 세우고 싶었다.

막내 형사가 조사실로 들어간 지 몇 분 후, 미영이 문을 벌컥 열고 나왔다. 그 뒤를 최창기가 쭈뼛거리며 따랐다. 막내 형사가 어머니의 유골함을 건네자 그가 애틋하게 안아 들었다.

"이만, 가세요."

미영이 씁쓰레하게 빈 복도를 향해 턱짓했다. 말투는 공손했으나 채광은 그녀를 오랫동안 보아왔기에 가시 돋친 속뜻을 금방 헤아릴 수 있었다. 그녀는 '썩 꺼져'라고 말하고 있었다.

최창기가 진짜로 가도 되느냐고 묻는 것처럼 어리숙하게 돌아봤다.

"가시라고요."

미영이 불친절하게 출구를 가리켰다. 그제야 최창기는 그 자리를 벗어났다.

"미영, 왜 풀어줘?"

채광이 납득하지 못해 떠나가는 최창기와 미영을 번갈아 쳐다보며 물었다.

"……과장님이 풀어주래."

"뭐? 저 새끼를 왜 풀어줘? 공범이라며. 아니다, 어쩌면 지 아버지가 자살하길 바랐던 거 아냐? 잊었어? 보험금 17억이라니까!"

"그만해, 형님."

"야, 최창기! 네가 그 돈 다 먹으려고 부모를 죽인 거 아냐!"

채광이 당장이라도 달려가서 최창기의 뒤통수를 내리칠 것처럼 흥분하자 미영과 기준이 그를 가로막았다. 막내 형사가 눈치껏 최창기를 경찰서 밖으로 에스코트했다.

"김미영, 너 뭐 해!"

"검사도 기소 안 할 거야."

"그러니까 왜!"

채광은 미영에게 버럭 윽박질렀지만, 사실은 답답한 상황을 이기지 못해 아무데나 내뱉은 아우성에 지나지 않았다.

"피의자였던 최길중이 죽었잖아!"

"……최, 최창기는? 네 입으로 먼저 쟤가 공범인 것 같다고 했잖아."

"심증만 있을 뿐이잖아. 강선자가 살해된 날 고시텔에서 잤다고 했는데, 그 알리바이가 사실인지 아닌지 확인할 수 있는 방법이 없어. 워낙 후미진 곳이라 방범 카메라도 없고 고시텔 관리인도 약간 치매기가 있어서 진술이 오락가락해. 모든 게 흐릿하다고."

"젠장."

"형님, 지금 실적 때문에 이래?"

"지금 무슨 소리를 하는 거야? 난 진범을 찾고 싶은 거야."

"우리도…… 우리도 최길중이랑 최창기를 엮어보고 싶어. 그런데 그게 안 되는 걸 어떡하니."

"……"

채광은 말문이 막혔는지 허공을 바라보며 허탈하게 웃었다.

유일한 용의자이자 피의자였던 남편이 자살하자 강선자를 살해한 범인을 끝끝내 밝혀내지 못한 채 사건이 허무하게 갈무리된 것이다.

그간 잠자코 듣고 있던 기준이 미영에게 물었다.

"병원에서 저 사람이 아버지의 도주를 도운 건 명확하잖습니까. 범인은닉죄? 도주죄? 그런 걸 적용할 수는 없는 겁니까?"

"기준 씨 마음은 알겠는데, 가족이 범인의 도주를 도운 경우에 우리나라는 법으로 처벌할 수가 없어요."

"왜요?"

"······법이 그래요."

"······말도 안 됩니다."

"씨발, 좆나게 유교적이네."

채광이 이를 아드득 갈며 경찰서를 나갔다.

경찰서 앞마당에는 아직 채 떠나지 못한 최창기가 엄마의 유골함을 들고 서 있었다. 채광은 당장이라도 달려가서 멱살을 틀어쥘 심산이었다. 족쳐서 뭐라도 실토하게 하려 했다.

하지만 최창기의 다음 행동을 보고는 두 다리가 고장난 것처럼 그대로 굳었다. 그는 쭈그려앉더니 배수로 위로 무언가를 조르르 버리고 있었다.

바로, 유골함 안에 찬 물이었다. 간밤의 사태로 인해 유골함 안에 빗물이 가득차 있었던 것이다. 최창기는 마치 쌀뜨물을 버리는 것처럼 조심스레 유골함을 기울였으나 고인의 뼛가루가 조금씩 딸려내려가 배수로 아래로 소실되었다. 그 뒷모습이 굉장히 처연해 보였다. 최창기가 범인이든 아니든, 어머니의 유골함에 들어찬 빗물을 비워내고 있는 이를 매몰차게 볶아칠 만큼 채광은 무자비하지 못했다. 결국 그는 아무 말도 건네지 못한 채 최창기가 떠나가는 것을 멍하니 지켜볼 수밖에 없었다.

채광이 눈을 찌푸렸다. 어느샌가 흐릿한 하늘이 걷히며 쨍한 햇볕이 내리쬐고 있다는 것을 깨달았다. 혹독하게 불었던 바람과 지독하게도 내렸던 비가 모두 그치며 날이 개었다. 언제 세상이 그렇게 혼탁했었냐는 듯이.

"괜찮으십니까?"

걱정되어 따라 나온 기준이 그의 옆에 섰다.

"최길중이 나한테 유일하게 했던 말이 뭐였는지 알아? 비가 많이 오느냐는 질문이었어. 난 그게 현장의 증거들이 휩쓸려

내려가길 바라는 마음을 드러낸 거라고 짐작했는데, 아니었어. 아내의 유골함이 침수될까봐 걱정되어서 물어본 것이라고는 꿈에도 생각 못 했어."

"생각이 거기까지 미칠 수 있는 사람은 없을 겁니다. 자책하지 마십쇼."

"너무 의심했던 게 독이 되었던 거야."

"실장님은 최길중이 결백하다고 생각하시는 겁니까?"

"아내의 유골함이 물에 잠길 것을 걱정하며 체포중에 도주까지 해서 봉안당으로 달려갔던 남편이야. 과연 그런 사람이 아내를 살해했을까."

"상습적으로 아내를 구타했잖습니까."

"비슷한 시기에 아내가 남편에게 사랑편지를 써주기도 했지. 이 부부의 행적들이 뭔가 앞뒤가 안 맞아. 사실 그래서 촉탁살인을 의심해봤지만, 그것마저도 이제 확인할 길이 없네."

"그럼 최길중은 왜 자살했다고 보십니까? 그것도 두 번이나 시도했습니다."

"도대체 뭐가 두려워서 그랬는지…… 나도 잘 모르겠어."

"최창기가 범인일 수 있을까요?"

"……그것도 모르겠어."

어느새 최창기는 경찰서 정문을 벗어나 큰길가에서 택시에 올라탔다. 기준은 그가 떠난 빈자리를 허탈한 듯 한참 동안 바라보다가 채광에게 물었다.

"저희는 이제 어떻게 하나요?"

"모든 직장인이 하는 마무리를 해야지."

"그게 뭡니까?"

"보고서를 올려야지."

5

"그래서 면책이야? 부책이야?"

여전히 실팍한 풍채의 SIU 파트장이 따져 묻자 회의실 내 공기에 패배감이 묻어나며 모두가 무력감에 빠진 듯했다.

"……"

채광은 묵묵했다.

"평소에는 잘 떠들던 친구가 오늘은 왜 이래? 면책이냐고 부책이냐고."

"부책입니다."

건너편에 앉아 있는 SIU 1팀장이 대신 대답했다.

"왜?"

"검찰 쪽도 피의자 사망에 의한 공소권 없음으로 결론을 내렸다고 합니다."

"그래? 실망이네, 1팀장."

"죄송합니다."

"하긴 형사재판에서도 못 이기는 걸 우리가 민사에서 뒤집긴 힘들지. 직접증거도 없는 마당에 민사소송으로 가서 이기지도 못할 거, 변호인단한테 들어가는 돈만 엄청 깨졌겠지."

파트장은 얼마 전에 있었던 재판을 언급했다. 검찰이 아내를 죽인 정황을 모아서 피의자를 기소했는데, 대법원에서 '간접증거만으로 남편에게 사형을 구형하는 것은 무리하다'고 판단하여 파기환송한 사례였다. 즉, 직접적인 증거를 갖고 오지 않는 이상 살인죄라는 판결을 내릴 수는 없다는 것이 사법부의 결론이었다. 뒤이은 민사재판에서도 형사재판의 판결을 참고하여 무죄를 선고받은 남편은 아내의 사망보험금을 모두 수령했다.

"그래서 줘야 할 돈이 총 얼마라고?"

"7억입니다. 다른 보험사까지 모두 합치면 17억 정도 예상합니다."

"부모가 죽으면서 강남에 있는 소형 아파트 한 채를 물려준 셈이네."

평생 불구로 살아갈 남편을 걱정한 시한부 아내가 생명보험에 가입하고 남편에게 죽여달라고 부탁을 한 촉탁살인이라고 추정했지만, 직접적인 살해 증거도 없을뿐더러, 이 모든 것을 밝혀줄 수 있는 피의자인 남편이 자살을 하는 바람에 더이상 확인할 수 있는 길이 없었다. 결국 KS생명보험사에서는 최종적으로 보험금을 지급하기로 결론을 내렸다.

'유방암이라는 질병을 고지하지 않고 생명보험에 가입한 사실(고지의무 위반)'이 논쟁의 소지가 될 수는 있겠으나, 계약자가 사망하여 당시에 고의적으로 숨겼는지 무지하여 언급하지 않은 것인지 판단할 수 있는 방법이 없었다. 괜히 쟁점으로 삼았다가 '보험사의 불완전판매(설명의무 위반)'에 대한 역공을 당할 수도 있었다. 아울러, 사망에 이르게 한 직접적인 사인이 암과는 관련이 없는 질식사가 명확했으므로 KS생명보험사는 더이상 문제삼지 않기로 입장을 정리했다.

보험금을 승계받아 수익자가 된 아들이 공범으로 의심이 되기는 하였으나, 경찰에서도 혐의를 찾아내지 못한 바, KS생명보험사의 최종보고서 마지막 줄에는 '**부책**'이라고 박히게 되었다.

회의가 끝나고 터벅터벅 걸어가는 채광을 기준이 붙따랐다.
"어떡합니까. 마지막으로 맡은 사건에서 실패하셨네요."
"뭐, 내 퇴직금이 줄어드는 건 아니니까."
"저기, 이거."
기준이 무언가를 채광에게 내밀었다. 겉면이 번지르르하게 반짝이는 힙플라스크였다.
"뭐야?"
"지난번에 술병, 제가 망가뜨렸잖습니까. 새 걸로 하나 샀습니다. 더 고급으로."
"맨정신에 낯간지럽게. 어쨌든, 고마워."
"저…… 차량사고팀으로 전보 신청했습니다. 신체사고는 제가 감당하기 힘들어서요."
"다 각자 잘할 수 있는 역할이 있으니까. 오 분석관은 섬세하고 열정적이라 거기서도 잘할 거야."
"감사합니다. 오늘 저녁에 술 한잔 어떠십니까?"
"어쩐 일로?"
"저희 퇴근했으니까 이제 업무시간이 아니잖습니까."
기준이 가볍게 미소 지었다.

"글쎄…… 난 좀 일찍 들어가서 쉴게."

채광은 힙플라스크를 선물해줘서 고맙다는 듯이 한번 흔들어 보였다.

기준은 떠나가는 그의 뒷모습을 보며 세상의 모든 피로와 번뇌를 등에 짊어지느라 항상 지쳐 있던 아버지를 생각했다. 결과적으로 강선자 변사 사건에 커다란 역할을 해주지 못한 것 같아 미안하고 안타까웠다.

보험

1

 모든 게 일단락되고부터 일주일쯤 지난 어느 날 오전, 일전의 교육지원청.
 유경의 최종 처분이 내려질 학교폭력위원회의 마지막 심의가 시작되기 직전이었다.
 "내가 잘못했다고 빌 테니까, 넌 입 다물고 있어. 지난번처럼 딴소리하기만 해봐."
 "……"
 미영이 강하게 을러도 유경은 대답하지 않았다. 심히 심술난 듯 입꼬리가 옆으로 아예 돌아가 있었다.
 "왜 대답이 없어?"

"……아, 알았다고."

위원회가 시작되고 상대측 학생이 힐난해도 유경은 엄마의 뜻대로 입을 꾹 다물었다. 채광이 보기에는 끓어오르는 성을 참느라 위태로워 보이는 순간이 간간이 있기는 했으나, 그래도 덕분에 위원회 분위기는 부드럽게 흘러갔다. 이대로만 간다면 간단한 처분으로 끝날 터였다.

위원장이 마지막으로 할말이 없느냐는 물음에 미영이 조심스럽게 자리에서 일어났다.

"싱글맘이라, 가정을 유지하면서 본의 아니게 딸과 시간을 같이 보내지 못했습니다. 아이를 외로운 시간 속에 홀로 두면서 기본적인 것들을 놓쳤죠. 모두 제 잘못입니다. 설령 부당한 일을 겪었다고 해도 폭력을 써서는 안 됩니다. 제 딸도 뉘우치고 있습니다. 엄마로서 대신 사과드릴 테니, 너그럽게 용서해주세요."

미영이 꾸벅 고개를 숙였다. 말하면서 감정이 복받쳤는지 눈가에 눈물이 맺혔다.

"좋습니다, 배유경 양, 할말 있나요?"

위원장이 물었다.

"……"

질문을 듣지 못한 듯 유경의 시선은 엄마의 눈물에 고정되어 있었다. 여태껏 엄마는 한 번도 눈물을 보인 적이 없었다. 아빠가 이혼해서 짐을 싸 들고 나갔을 때도, 자신이 사춘기랍시고 개지랄을 쳐도 엄마는 단 한 번도 울지 않았다. 그 정도로 강인한 사람이었다. 그런데 눈앞에서 엄마의 눈시울이 붉어지는 것을 보자 유경의 마음속 깊은 곳에서 작은 바람이 일었다.

"배유경 양?"

"……"

"배유경 양. 할말 없어요?"

"……"

상대 학생이 엄마의 사과를 받으면서 씩 미소를 짓는 모습을 보고는 유경이 아랫입술을 잘근 물었다. 마음속의 작은 바람은 점점 힘을 얻어 반항심이라는 이름의 태풍으로 커졌다. 유경이 자리를 박차고 일어났다.

"저도…… 후회합니다. 그런데요. 부모를 욕하는데 실실 쪼갤 수 있는 딸년이 어디 있을까요. 전 미친개한테는 몽둥이가 답이라고 생각해요."

"이보세요, 배유경 양."

위원장이 제지했으나 이미 삐뚤어지기로 작정한 사춘기 여중생을 말리기에는 역부족이었다.

"울 엄마, 이혼하고 저 혼자서 먹이고 입히고 키웠어요. 엄청 고생하셨단 말이죠. 근데 저년이 초등학교 때부터 아빠 없다고 나 왕따시킨 년이에요. 제가 뭘 후회하는지 아세요? 아예 더 묵사발을 만들어버릴걸. 그 사실을 후회해요, 전! 어떤 처벌이든 받을 거예요."

유경이 눈을 부릅뜨고 학부모 심의위원들을 노려보았다.

"그런데 여기 위원회에 참가하신 부모님들도 자기 아들이랑 딸이 애미애비 없는 년이란 소리 듣고 가만히 있길 바란다면, 그렇게들 사세요! 쌍."

유경은 엄마로부터 엄청난 불호령이 떨어질 것으로 예상했으나, 미영은 그저 멀리 시선을 두고 팔짱을 끼고 서 있었다. 교육청 로비에서 상대 학생과 그 부모가 째려보면서 지나갈 때도 미영은 무표정했다.

"엄마."

유경이 먼저 미영에게 다가갔다.

"왜 그랬어?"

"거짓말하기 싫었어."

"무슨 거짓말."

"이유야 어찌 되었든 내가 때린 건 맞잖아. 그냥 처벌받을래. 난 차라리 속이 시원해."

"미쳐, 내가. 너 괘씸죄까지 추가되어서 사회봉사 처분이야. 생기부에 남는 거라고. 예술고 진학은 어떻게 하려고 그러는 거야?"

"뭐, 인터넷 방송 쪽으로 살길 찾아봐야지."

"……허."

미영이 기가 찬다는 듯 이마를 짚었고 채광이 말리기 위해 모녀의 대화에 끼어들었다.

"유경아, 이번 일은 나도 너희 엄마 편이야. 네 미래에 관한 문제야."

"아저씨도 엄마도, 바른 일 하는 사람들 아니야?"

"뭐?"

"근데 왜 나한테 거짓말하라고 해? 미안하지도 않은데 왜 미안하다고 말하라고 해."

"엄마도 널 위해서 그런 거잖아. 너 잘되라고. 아니, 이럴 거면 처음부터 큰소리 떵떵거리지, 왜 이제 와서 이러냐고."

미영이 울화가 터지는지 손바닥으로 가슴을 쳤다.

"엄마랑 아저씨가 처음부터 거짓말하도록 시켰잖아!"

"……뭐?"

"부모들은 왜 그래? 자식이 괜찮다는데 왜 지레 거짓말을 대신해줘? 내 의견은 묻지도 않고 엄마 맘대로 밀고 나가버리니까 나까지 어쩔 수 없이 그 장단에 따라야 하는 거잖아."

"……"

순간, 유경의 말을 가만히 듣고 있던 채광은 이상한 기운을 느꼈다. 무엇이라고 표현해야 할지 모르겠으나, 상당히 커다란 실수를 저지르고 있다는 불안함에 가까웠다. 그게 무엇인지 생각해내느라 머릿속이 간지러운 기분이었다.

"안 그래? 내가 저지른 일에 내가 책임을 지게끔 해줘야 나도 바른 어른으로 자라는 거 아니야?"

"네가 뭘 아니. 넌 아직 어려서 아무것도 몰라."

"뭘 몰라, 내가. 대체 내가 뭘 모르는데! 나도 알 거 다 아는 나이야. 엄마는 과보호가 문제야."

유경이 외친 문장이 채광의 머릿속에 있던 간지러운 부분을 톡 건드렸다.

고시텔 앞에서 최창기가 최길중에게 외쳤다던 그 말과 똑같았다.

뭘 몰라! 내가 뭘 모르는데!

형사들은 그 말을 듣고 최길중이 어떤 비밀을 아들에게 숨겨서 공범인 두 사람의 사이가 틀어졌다고 믿었었다. 채광 역시 그랬다. 하지만 어쩌면……

"미영아, 나 먼저 갈게."

"어? 형님, 갑자기?"

채광이 부리나케 뛰어 큰길로 가더니 서둘러 택시를 잡아 타고 청계산으로 향했다.

2

채광은 휴대전화의 화면에 쪽방촌에서 찾았던 가족사진을 띄우고 청계산 풍경과 겹쳐보았다.

십여 년 전 날짜가 박혀 있고, 중년 부부가 아들과 함께 '매봉'이라고 적힌 정상석을 배경으로 찍은 사진. 그전에 기준과 함께 임장하러 청계산에 왔을 때는 강선자의 시신이 발견되었던 깔딱고개 부근까지만 등산했었다. 하지만 그곳을 지나 정상까지 올라 아래를 굽어보니, 탁 트인 시야 덕분에 그간 놓치고 있던 것이 무엇인지 어렴풋이 볼 수 있었다.

이번에는 사진의 배경에 나타나 있는 길로 내려가보았다. 등산로는 깔딱고개를 기점으로 여러 갈래로 갈라져 있었다. 좌측으로 쭉 하산하면 24시 해장국집이 있는 원터골입구였다. 일전에 기준과 함께 올라왔던 길이다. 채광은 다른 방향으로 난 등산로를 바라보며 생각에 빠졌다.

최길중이 강선자를 살해했다고 믿었을 때에는 그가 아내의 뒤를 몰래 밟다가 깔딱고개 부근에서 목숨을 빼앗았을 거라고 추리했다. 그때 들었던 가장 큰 의문은 다리가 불편한 노인이 어째서 이렇게 높은 곳에서 아내를 살해했느냐는 것이었다.

만약 강선자가 최길중에게 완벽한 촉탁살인을 부탁했다고 가정하고 그날의 일을 다른 각도에서 추리해본다면, 노부부의 최우선 목표는 경찰에게 서로의 동선을 들키지 않는 것이었을 테다. 어쩌면 최길중은 다른 등산로 입구를 통해서 산에 올라간 후 강선자와 만나기로 한 것이 아니었을까? 그렇다면 다리가 불편한 최길중이 굳이 이렇게 높은 곳까지 올라온 이유가 설명된다. 부부가 들키지 않고 각자 다른 길로 올라와서 만날 수 있는 **그나마 가장 빠른 지점이 이곳, 깔딱고개**뿐이기 때문이다.

채광은 사건 당일 최길중이 이용했을지도 모르는 다른 등산로로 내려가기 시작했다. 한참을 가자 등산객들이 한숨 돌리며 쉴 수 있도록 설치된 정자가 나왔고 또다른 갈림길이 세 갈래로 흩어졌다.

채광은 일부러 강선자가 올라가는 모습이 CCTV에 잡혔던 등산로에서 가장 먼 방면의 길을 택했다. 잘 깔려 있던 목제 계단이 서서히 없어지더니 비포장길이 나타났다. 등산객의 수도 눈에 띄게 줄어들어서인지 왠지 깊은 야산으로 들어가는 것 같은 착각이 들었다. 햇볕을 피해 나무그늘 밑으로 걸어가자 한여름인데도 제법 한기가 느껴졌다.

무심히 걷다보니 산 초입이 나타났는데, 예상보다 훨씬 더 개발되지 않은 채였다. 바닥이 흙길이었기 때문에 처음에는 등산로를 이탈해서 잘못된 방향으로 들어선 줄 알았다.

'이 지역은 개인사유지이므로 등산차량은 다른 곳에 주차하여 주시기 바랍니다'라고 적힌 주차금지 안내판을 지나치자 상추와 배추를 키우는 가족 텃밭이 보였고 길가에 비닐하우스가 세워져 있었다. 채광은 주변을 둘러보았다. CCTV가 없었다. 가로등도 없었다. 기껏해야 해가 질 무렵인데 벌써 사위가 어두웠다.

만약 강선자가 살해된 새벽 시간에 최길중이 이 길을 통해 산을 올라갔다면 다른 이의 눈에 띄지 않을 수 있었을 것이다.

채광은 지금까지 깨달은 사실을 토대로 그날의 범행 과정을 재정리해봤다. 최길중과 강선자는 시간차를 두고 청계산으로 출발한다. 부부는 각기 다른 등산로를 이용해서 올라간다. 아마도 최길중은 강선자가 불법 사무장병원에서 일하며 빼돌린 모르핀 진통제를 맞아 고통을 잊고 산에 오를 수 있었을 것이다. 두 사람은 첫 교차 지점인 깔딱고개에서 만난다. 최길중은 아내의 부탁에 따라 그녀를 죽이고 다시 외진 등산로로 내려온다. 집에 돌아가 술을 진탕 먹고 잠들었다가 경찰이 찾아왔을 때 만취해서 아무것도 몰랐다고 둘러댄다. 어차피 쪽방촌 부근에는 CCTV도 없고, 밤중에 목격자가 있을 리 만무하다.

설득력이 있는 추리지만 여전히 두 가지 큰 의문이 남는다. 살해 도구인 실크 스카프는 어디에 있는 것일까? 그 시간에 최창기는 무엇을 하고 있었을까?

3

금빛 소나무가 새겨진 고급스러운 자개 유골함 두 개가 봉안단에 나란히 놓였다.

"충분히 시간을 갖고 봉안단에 넣으실 물건이 있으면 꼼꼼하게 챙겨서 넣어주세요. 저희 봉안당은 유족 대표께서 부탁하시더라도 안치 후 30년 동안은 유리문을 개방하지 않습니다."

직원이 최창기에게 묵례하며 고인과 대화를 나눌 시간을 주기 위해 물러갔다. 멀끔한 행색의 최창기가 부부봉안단을 바라보았다.

'故 최길중과 故 강선자 부부'라는 글씨 아래 살아생전 밝게 웃는 노부부의 사진이 놓여 있었다. 봉안단이 높은 층에 위치해 볕이 잘 들어서인지 사진 속 부모님의 얼굴에 구김살이 없는 것처럼 보였다. 최창기는 불현듯 주머니에 들어 있던 스카프를 꺼냈다.

"보험금은 잘 입금됐습니까?"

돌아보니 채광이 서 있었다.

"좋죠? 증여세 빼고는 세금도 없고요. 아니다, 상속세였나."

최창기가 당황해서 얼어 있자 채광이 생글생글 웃으며 권하듯 말했다.

"하던 거 계속하세요. 잠깐만, 설마, 그거…… 살해 도구였던 스카프?"

"……예?"

"재질이 뭔가요? 순면? 울? 캐시미어? 아님, 폴리에스테르 백 퍼센트? ……설마? 이거, 고급스럽게 보들보들하고 유들유들한 것이……"

"실크 아닙니다."

최창기가 심히 불쾌하다는 듯이 발끈했다.

"아! 그렇군요. 농담입니다. 농담. 조크, 조크. 헤헤."

"어쩐 일이죠?"

"최창기 씨 부모님께 빌렸던 물건을 돌려드린다는 것을 깜빡했어요."

채광은 쪽방촌의 냉장고 속에서 찾아냈던 부부의 연애편지 묶음을 꺼내서 흔들어 보였다. 일순간 최창기의 얼굴에 난색이 떠올랐다.

"이거 혹시 읽어보셨나요?"

"……아뇨."

"당신 어머니와 아버지는 사이가 매우 좋았어요. 40년을 같이 산 부부가 이렇게 애틋한 연서를 주고받는 건 상당히 드문 일이죠. 나도 결혼생활 25년짼데 이런 편지를 못 받은 지…… 한 25년 됐습니다. 하하하."

"예…… 감사합니다."

최창기는 편지를 받아들고는 이만 대화를 끝내자는 뉘앙스로 눈인사했다. 하지만 채광의 지긋한 시선은 그를 놓아주지 않았다.

"당신 어머니는 시한부였어요. 유방암은 완치율이 높지만, 이미 폐까지 암세포가 퍼져서 손쓸 수 없을 정도로 방치된 탓이죠."

"……하시려는 말씀이?"

"자신이 곧 죽을 것을 알았기 때문에 남은 남편에게 생명보험금이라도 많이 주고 싶어서 보험사기를 공모했다. 남편은 아내를 죽이고 완전범죄를 꿈꿨지만, 경찰의 수사망이 좁혀오자 자살해버렸다. 그리고 그의 아들은 한때 공범이라는 의심을 샀으나 그에게서 직접적인 연결고리는 찾을 수 없다. 이게 경찰과 저희 보험사가 낸 결론이었습니다."

"전 공범이 아닙니다."

"제가 보험사기를 잡아내면서 온갖 패륜적인 인간들을 겪다 보니, 직업병처럼 모든 말을 의심하고 시작해요. 그래서 처음엔 최길중 씨와 최창기 씨가 하는 말을 하나도 믿지 않았어요. 그런데 **'어쩌면 당신 부자가 했던 모든 말은 다 사실이었던 게 아닐까'** 라는 발상의 전환을 해봤죠."

"……이럴 시간이 없어서요."

봉안단의 유리문을 닫는 최창기의 손이 미세하게 떨렸다. 그는 추모관 직원을 호출하기 위해 채광을 빨리 지나쳤다.

"어쩌면 당신은 공범이 아니라 목격자가 아니었을까?"

멈칫, 최창기가 마치 감전된 것처럼 그대로 경직되었다.

"……"

"경찰은 신문할 때 절대 살해 도구가 무엇인지 밝히지 않아.

그런데 당신은 방금 살해 도구가 실크 스카프였다는 것을 알고 있었어."

"……"

"뭐, 어디까지나 가설이지만, 당신은 우연히 부모님을 뵈러 갔다가 돌이킬 수 없는 어떤 사건을 목격한 게 아니었을까."

최창기는 사색이 되어 부르르 떨었다. 식은땀이 그의 이마에서 흘러내렸다.

충격적인 기억의 파편들이 머릿속에서 맞춰지며 떠올리기 싫었던 그날의 새벽이 재생되었다.

4

2천만 원, 아니 천만 원, 정 안 되면 5백만 원이라도. 비상금으로 3백만 원은 있으시겠지.

최창기는 그날 영등포 쪽방촌으로 가면서 생각했다. 그는 이미 제도권 안에서 돈을 빌릴 수 있는 처지가 아니었다. 이제 그가 믿을 건 역시 부모뿐이었다.

그가 어느 복권판매점에서 알게 된 형의 친구의 직장동료의 거래처 직원 말에 따르면 얼마 전 상장한 가상화폐에 작전세력이 붙어서 시세가 어마어마하게 폭등할 것이라고 했다. 이런 일확천금의 기회에 가진 돈을 다 쏟아붓지 않으면 등신이라고까지 했다. "이런 고급 정보는 너만 알려주는 거니까 어디 가서 함부로 얘기하면 안 돼" 하고 덧붙이면서.

작전은 당장 3시간 뒤면 시작될 것이고 하루만 지나도 시세가 다섯 배, 일주일이 지나면 열 배가 된다. 2천만 원을 넣으면 2억이 되고, 천만 원이라도 넣으면 1억이 된다.

빚도 갚고 새로이 출발할 수 있다. 지긋지긋한 사채업자를 피해서 도망칠 필요도 없다. 하늘이 무너져도 솟아날 구멍은 있구나. 최창기는 인생에 마지막 남은 기회라고 느끼며 끓어오르는 흥분을 주체할 수 없었다.

쪽방촌 부근에 다다랐을 때, 대로변에 익숙한 실루엣의 목발을 짚은 백발노인이 택시를 잡는 모습을 보았다. 그의 아버지였다. 일반 택시들이 계속해서 승차를 거부하며 지나치자 조급해진 듯 아버지는 검은색 모범택시에 올라탔다.

평소라면 택시도 타지 않았을 텐데, 심지어 모범택시라니. 아버지의 행동이 어딘가 미심쩍었다. 최창기는 짧은 순간 어찌해야 할지 고민했다. 당장 3시간 안에 코인을 매수하지 못하면 이 기회를 놓치게 되고 만다. 그리고 어쨌거나 어머니보다는

보험 **277**

아버지가 돈을 빌려줄 가능성이 높았다.

결국 최창기는 뒤따라오는 택시를 잡아 타고 따라갔다. 아버지가 탄 모범택시는 올림픽대로에 올라타 한참을 가더니 서초에서 빠져 경부고속도로 옆으로 난 외진 비포장도로에서 멈췄다.

"여기서 세워주세요."

최창기도 거리를 두고 택시에서 내렸다. 어느새 밤비가 추적추적 기분 나쁘게 오고 있었다. 가로등도 없는 야심한 길목이라 주변 경관을 제대로 파악하는 데 시간이 필요했다. 그러다 문득, 자신이 바라보고 있는 곳이 익숙한 장소라는 것을 깨달았다. 십여 년 전에 가족이 함께 주말마다 올랐던 청계산이었다.

최창기가 추억을 되짚어보느라 어리둥절해 있다가 아버지가 목발을 등산 스틱처럼 짚으면서 걸어가고 있다는 사실을 알아차렸다. 베체트병이 심한 환자로서는 상상도 할 수 없는 결단이었다. 평지도 걷기 버거운데, 오르막길이라니. 거기다가 작정한 듯 머리에는 등산용 헤드램프까지 장착한 상태였다.

원래 아버지를 뒤쫓았던 목적은 잊어버린 채, 막연한 불길함과 그 사이로 스멀스멀 피어오른 호기심이 최창기의 머릿속을 잠식한 듯했다. 당장이라도 달려가서 여기서 무엇을 하시느냐고 묻고 싶었지만, 아버지가 너무나도 비장한 분위기를 풍기고 있어서인지 충격적인 답변이 돌아올 것만 같아 섣불리 다가갈 수 없었다. 그가 일평생 알던 아버지의 유약한 모습이 아니었다. 1분도 안 되는 시간 동안 수천 번 고민했지만, 최창기는 귀신에 홀린 듯 아버지의 뒤를 따라서 산을 올라가고 말았다. 그렇지만 채 30분도 지나지 않아 짙은 어둠 속에서 아버지를 놓쳤다. 결승점에 꽂혀 앞만 보며 달려가는 경주마처럼 성큼성큼 산비탈을 오르는 아버지를 술과 담배에 절은 그가 쫓아갈 수 없었던 것이다. 가쁜 숨을 헐떡이며 비지땀을 흘리고 서 있다가 정신을 차려보니, 어느새 사위가 새까매져 있었다.

몰래 따라온 마당에 아버지를 부를 수도 없었다. 최창기는 어깨를 떨었다. 여름이었지만 새벽의 산은 추웠고 무엇보다 정말 무서웠다. 주위를 살펴보자 달빛을 머금은 축축한 소나무들만이 엄한 인상을 쓰고 그를 내려다보았다. 투두둑 떨어지는 빗방울 소리까지 을씨년스럽게 느껴져 닭살이 돋아났다. 지금이라도 쪽방촌으로 가서 어머니한테 싹싹 빌면 돈을 빌려주실지도 모른다는 생각이 들기 시작했다.

그때 반짝, 아버지의 헤드램프 불빛이 망망대해의 부표처럼 발광했다. 망설임도 잠시, 최창기는 아버지가 올라간 방향으로 다시 걷기 시작했다. 짙은 호기심이 두려움을 이긴 것이다. 덕지덕지 붙은 진흙으로 무거워진 발을 힘겹게 내디디며 올라갔다. 한때 주말마다 부모님과 같이 올랐던 청계산이다. 머리는 잊었을지 몰라도 몸이 산세를 기억하고 있었다. 아래만 보며 한 걸음씩 내딛다가 고개를 들었더니 반짝이던 헤드램프 불빛이 보이지 않았다. 일순간 부모 손을 놓친 아이처럼, 진짜 바다 한가운데에 혼자 덩그러니 버려진 것 같았다.

최창기는 두번째 고비를 맞이하자 드디어 포기하게 되었다.

결국 발길을 돌려 등산로를 내려가려고 결심한 그때, 빗소리 사이로 소곤소곤 익숙한 목소리가 들렸다. 그의 부모님이었다.

5

"디지털카메라로 찍은 건가봐. 밑에 날짜가 있네. 십여 년 전쯤인가?"

채광이 휴대전화 속 사진을 확대해서 잘 보라는 듯이 들이밀었지만, 최창기는 일별도 던지지 않았다.

"좀 알아보니까 최창기 씨가 첫 직장을 얻었던 날이랑 가깝더라고."

"……"

"이때만 해도 서초동 빌라에서 세 가족이 함께 살 때였지?"

"……"

"왜 말이 없어? 거짓말하게 될까봐? 불리해지면 입을 다무는 버릇은 아버지를 닮은 게 맞네."

"아버지 얘기는…… 마세요."

"당신 아버지가 죽기 전에 나한테 했던 마지막 유언이 뭐였는지 알아?"

"……유, 유언이요?"

최창기의 눈이 휘둥그렇게 벌어졌다. 그날 봉안당에서 아버지의 투신을 목격하고 기절해버린 뒤의 이야기니 알지 못하는 게 당연했다.

"널 잘 부탁한다면서, 갑자기 본인은 아무것도 모른다는 거야. 앞뒤가 맞지도 않았고 어떤 사람이 스스로 목숨을 끊는 마지막 순간까지 자기변명을 해. 그래서 일주일 내내 그 기억을 곱씹어봤어. 그러다가……"

채광의 의식은 그날 아스팔트 바닥 위에서 마지막 생명을 파들거리던 최길중에게로 이동했다.

백발노인의 머리가 깨지고 흘러나온 피가 바닥에 흐른다. 옆에 무릎 꿇고 앉은 채광이 소리친다.

"뭐라고요?"

최길중은 그의 말에 대답한다.

"아, 아…… 아무것도…… 몰라요."

폭우가 쏟아진다. 구급차의 사이렌이 울린다. 소곤대는 노인의 말소리가 들리지 않는다. 채광은 자신의 귀를 노인의 입에 더 가까이 가져간다.

"뭐, 뭐라고요?"

최길중이 한 번 더 쥐어짜듯 말한다.

"아, 아…… 아들은…… 아무것도…… 몰라요."

최길중은 숨을 거둔다.

"당신 아버지는 죽는 그 순간까지 널 커버쳐준 거야. 아들은 아무것도 모르니까 제발 건드리지 말고 넘어가달라는 게 유언이었다고, 알아?"

"……"

최창기는 자기가 들은 말의 진의를 파악하려는 듯 섣불리 반응하지 않았다.

"최창기 씨, 내가 당신 뒷조사해봤어. 당신 나쁜 사람은 아니야. 전과도 없고 첫 직장에서는 동료 평판도 좋았고, 남한테 피해를 줄 만큼 악한 사람도 아니야. 예전에는 부모님께 살가운 아들이었다는 것도 알고 있어. 도리어 학교와 직장에서 괴롭힘을 당할 정도로 여린 사람이라는 것도, 어리석게도 여기저기 투자하다가 사채 끌어 쓰면서 인생 나락으로 빠진 것도 알고 있다고."

"……다 아는 척하지 마세요."

"이봐, 최창기. 난 경찰이 아니야. 내일이면 사직서를 내기 때문에 보험사에서도 일하지 않아."

채광은 보란 듯이 휴대전화를 들어 보였다.

"봐봐, 녹음하는 것도 아니야. 진짜 순수한 궁금증이야. 도대체 그날 무슨 일이 있었던 건지 네 입으로 직접 듣고 싶어서 그래."

"……"

"묵비권? 좋아, 그럼 내 가설을 좀더 얘기해볼게. 맞으면 맞다고만 해줘."

6

3개월 전. 쪽방촌.

강선자가 뒤로 빼는 최길중의 팔을 완강히 붙잡았다. 다른 손으로는 빈 맥주병을 들어 보였다.

"빨리 날 때려."

"이, 이게 최선일까? 모르겠어."

"이제 와서 바보 같은 소리 하……"

쿨럭쿨럭, 컥! 강선자가 기침하다가 각혈했다. 그리고 가슴을 고통스럽게 움켜쥐었다. 악물고 견디는 잇새로 신음이 끅끅 새어나왔다. 최길중은 구석에 적치된 두루마리 휴지 중 하나를 급히 뜯어 아내의 입가에 흘러나온 피를 닦아주었다.

"폐까지 암이 전이됐대. 길어야 3, 4개월. 그 뒤에는 당신 혼자 남아."

"……방법이 있을 거야."

"방법은 무슨 방법. 당신, 답답한 소리 그만해!"

"……미안."

최길중은 위축되어 옴짝도 못했다.

"미안하다는 말은 해결해주지 않아. 그거는 어떻게 됐어?"

"그거? 아, 여기……"

최길중이 지퍼백 안에 동그랗게 말린 시안화칼륨을 보여줬다. 금속을 재련하거나 도금할 때 널리 쓰이는 제품이라서 그런 공장을 운영했던 그로선 비교적 손쉽게 구해올 수 있는 독극물이었다.

강선자는 결연하게 지퍼백을 내려다보며 말했다.

"당신, 잘 들어. 용의자가 아니라 피의자가 되면 먹는 거야."

"……그게 언젠데?"

"몇 번을 말했어. 경찰에서 당신을 잡아간 뒤에 피의자로 구속할 거라는 말을 하면 그때 먹으라고."

"……만약에 못 먹으면?"

최길중이 채 말을 마치기도 전에 강선자가 그의 뺨을 세게 갈겼다. 최길중은 얼얼한 볼을 감쌌다.

"정신 차려! 나 죽고 나면 당신 어떻게 살아갈 건데? 그렇게 되면 창기도 끔찍한 일 겪게 되는 거야. 그러니까, 얼른 때려."

강선자가 맥주병을 억지로 남편의 손에 쥐여줬다. 하지만 붙잡으려는 의지가 없는 탓인지 병은 바닥으로 데구루루 굴러떨어졌다.

"……못하겠어."

"못해?"

"선자야……"

"못해? 못해? 정말 못해? 그럼 내가 해."

그녀는 굴러가는 맥주병의 목을 잡고 거꾸로 치켜들었다. 그리고 스스로의 이마를 내리쳤다. 둔탁한 마찰음과 함께 흩뿌려진 피가 벽지로 튀었다. 잠시 어질했지만, 강선자는 재차 맥주병을 높이 들어 한 번 더 스스로를 가격할 자세를 취했다.

"그, 그만해! 이미 많이 찢어졌어."

맥주병이 그녀의 정수리로 떨어지기 직전에 최길중이 온몸을 날려 막았다. 하지만 강선자는 독기 서린 눈으로 그를 쏘아보며 힘차게 밀쳤다.

"못해? 못해? 난 못 그만해."

다시 한번 퍽, 맥주병이 그녀의 머리로 떨어졌다. 병의 끝이 깨지며 그녀의 이마에서 더 많은 피가 흘러나왔다.

아내가 한번 마음을 먹고 고집을 부리면, 그 누가 와도 되돌릴 수 없었다. 최길중은 그것을 명확하게 알았다. 그가 그녀의 양팔을 붙잡으며 말렸다.

"선자야, 알았어. 알았어. 할 테니까 그만해."

"……나갈 테니까, 당신이 쫓아와."

강선자는 대수롭지 않게 이마에서 흐르는 피를 검지로 꾹꾹 찍어보더니 밖으로 나갔다.

가정폭력을 당한 것처럼 관리인 영감이 있는 곳으로 살려달라며 뛰어갔고, 잘 짜인 각본처럼 최길중이 다리를 절며 뒤를 쫓아갔다.

그렇게 부부는 파출소에 두 번이나 가정폭력 신고를 남겼다.

사건 당일. 자정. 쪽방촌.
"모레까지 많은 비가 쏟아진다니까, 오늘 해야 해."
강선자가 남편의 넓적다리에 모르핀 주사를 놓았다.
"……"
"왜 대답을 안 해? 설마 아직도 마음의 결정을……"
"그런 거 아니야."
"하긴, 당신은 결정하기까지가 오래 걸리지. 결정하면 꼭 행동에 옮겼으니까."
"잘할 수 있을까, 단지 그게 걱정돼."
최길중이 다리를 움직여봤다. 항상 아리고 무겁게만 느껴졌던 허벅지가 있는 듯 없는 듯 가벼웠다. 신기하게도 삽시간에 나른해지며 뼛속까지 파고들던 간지러움도 사라졌다.
"당신은 20분 있다가 출발해. 절대 늦지 마."

강선자가 먼저 결연하게 쪽방을 나갔다. 최길중은 아내의 말을 따르기 위해 20분을 칼같이 지키고 나섰다. 시간에 늦지 않기 위해 모범택시에 올라탔다.

사건 당일. 새벽 2시. 청계산 깔딱고개 부근.

범죄는 범죄자가 사는 곳, 잘 아는 곳, 혹은 한 번이라도 가봤던 곳에서 이루어질 확률이 높다. 즉 익숙한 공간에서 일어난다.

최길중의 다리가 불편해지기 전, 그리고 최창기가 첫 직장을 얻고 독립해서 나가기 전까지 가족은 주말마다 등산을 했다고 한다. 종종 올랐던 산이기 때문에 근처 지리부터 CCTV까지 꿰고 있었을 것이다.

강선자는 등산로의 교차점이 내려다보이는 숲속에 숨어 있었다. 깔딱고개 직전에 있는 정자에서 최길중과 만나 범죄를 도모할 예정이었다.

멀리서부터 작은 불빛이 새벽안개를 비집고 다가왔다. 숨을 가삐 몰아쉬던 남편이 헤드램프를 들어서 이정표를 보았다. 강선자가 조용히 알은체를 했고 그가 램프를 끄고 다가왔다.

"예보보다 소나기가 늦게 오려나봐."

강선자가 하늘을 올려보았다. 흐리고 어두침침한 것에 비해 빗줄기가 약했다.

"어떡하지?"

"내가 너무 일찍 발견되면 당신이 집에 가서 알리바이를 만들 수 있는 시간이 부족할 텐데……"

"조금 더 깊이 들어갈까?"

"그래…… 어차피 비 오면 쓸려내려갈 테니까."

"……"

두 사람은 진흙으로 무거워진 두 다리를 이끌고 수풀을 올라갔다. 10분쯤 지났을까, 강선자가 멈췄다.

"여기가 좋겠어."

"알았어."

"절대로 내가 자살처럼 보여도 안 되고, 당신이 살인범이 되어서도 안 돼. 보험금이 안 나오니까. 내가 죽으면 당신은 최대한 빨리 여길 벗어나서 집으로 가."

"……응."

아내가 스스로의 죽음을 대수롭지 않은 척 얘기할 때마다 최길중의 가슴이 쿡쿡 찔리는 기분이었다. 하지만 그는 안다. 아내는 긴장할수록 이성적으로 비치길 바라는 사람이었다. 지금 그녀는 두려움을 이겨내기 위해 현재에만 집중하려고 부단히 노력중이었다.

"당신이 올라왔던 길로 정확히 내려가야 해. 기억하지?"

"알지, 예전에 실수로 잘못 내려갔다가 한참을 걸어서 버스 정류장까지 갔었잖아. 그때 창기랑 여보가 얼마나 나를 구박했었는지……"

최길중이 과거를 떠올리며 처연하게 말하자 강선자가 다시 현재로 그를 끌어왔다.

"집중해. 경찰이 자기를 찾아올 때가 중요해. 자긴 사람을 답답하게 만들 때가 있으니까 평소처럼 답답하게 굴면 돼. 쓸데없는 말 말고."

"내가 바보니. 선자야, 나도 다 알아."

"또 뭐가 있더라. 후…… 하자."

강선자가 이를 악물더니 땅에 누웠다. 최길중이 문득 머뭇거렸다.

"뭐 해?"

"……끈을 안 가져왔어."

"뭐?!"

"아…… 어디 뒀더라…… 내 신발끈으로 할까?"

"미쳤어? 당신이 목 졸랐다고 광고하고 싶어?"

"다, 다음에 오는 건 아닌 것 같고······"

"다음? 나 암으로 죽고, 노 회장이 우리 가족 다 갈가리 찢어 놓으면?"

강선자가 목에 두르고 있던 **실크 스카프**를 풀었다.

"······이걸로 해."

"그건······ 창기가 첫 월급 탄 돈으로 사와서 당신한테 선물해준 거잖아."

"오늘 아니면 절대 기회는 없어."

"······"

최길중은 말없이 실크 스카프를 받아들고 양손으로 팽팽하게 당기며 천천히 아내에게 다가갔다. 강선자의 목 근처까지 다가간 그의 손이 바들바들 떨렸다. 눈을 질끈 감으며 아내의 하얗고 가는 목을 실크 스카프로 한 바퀴 감았다. 그러고서, 당겼다. 스카프가 장력에 의해 늘어나며 손바닥을 파고들었다. 아내가 컥 숨이 막히는 듯한 소리를 내자 최길중은 자신도 모르게 손에 힘을 풀며 눈을 떴다.

강선자는 헛구역질을 하며 모로 웅크렸다. 그녀의 목에 시뻘건 끈자국이 남은 것을 보자 최길중이 움찔했다.

"뭐, 뭐 해? 왜 멈춰!"

"그, 그게······"

"결정적일 때 꼭 이래야 하는 거야?"

"선자야, 그게 아니라……"

"뭔데?"

"바, 발버둥이라도 쳐야 괴한에게 공격받았다고 생각하지 않을까?"

"응?"

듣고 보니 맞는 말이었다. 저항을 한 흔적이 있어야 완벽한 타살로 오인하게끔 만들 수 있었다.

"맞네. 뒤에 매듭 묶어서 확실히 조이는 거 잊지 말고. 끝난 후에 챙겨가는 것도 잊지 말고."

"알았어."

강선자가 깊게 심호흡하며 똑바로 누웠다. 밤하늘에 별이 가득했다. 눈을 감아도 여전히 눈꺼풀 너머로 별들의 잔상이 남았다. 얼굴에 빗방울이 닿는 기분이 썩 나쁘지 않았다. 70년 가까이 살면서 상상했던 삶의 마지막 순간은 아니었지만, 아들을 위해서라면 기꺼이 받아들일 수 있는 죽음이었다.

……어차피 곧 지는 인생인데요.

체념한 듯했던 노부인의 말이 이제야 이해되었다.

남편이 움직이는 소리가 들렸다. 이윽고 차갑지만 부드러운 스카프의 감촉이 목에 닿았다. 목덜미에 한 바퀴를 둘러서 매듭이 묶이는 촉감이 들자마자 확 조여왔다.

남편이 말한 대로 의식이 버텨주는 한 열심히 발버둥을 쳤다. 진짜 야심한 산에서 괴한에게 습격을 당한 것처럼.

최길중은 울고 있었다.

그가 스카프를 세게 당길수록 아내의 목젖이 조여지며 끅끅, 하는 신음이 자연스레 튀어나왔다. 연기라는 것을 알고 있었지만, 막상 발버둥치는 아내의 모습을 마주하자 절망감이 빗물과 함께 살갗 깊숙이 파고들었다. 아무리 빚더미에 앉은 아들에게 생명보험금을 물려주려는 목적의 촉탁살인이라고 해도 그가 견딜 수 있는 괴로움의 임계점을 넘어가고 있었다.

실크 스카프가 조여지는 힘에 의해 아내의 목뼈가 빠드득, 비틀렸다. 그때 흰자위가 붉게 차오르는 아내의 눈과 시선을 마주치고 말았다. 하얀 거품이 입가를 타고 내려오자 그만 최길중의 손에서 힘이 탁 풀려버렸다.

끅끅, 아내는 정신의 일부분이 이미 현세를 떠난 것처럼 알 수 없는 신음만 뱉어냈다. 최길중은 충격에 젖어 비명조차 지르지 못했다.

뒤로…… 뒤로…… 그저 더 뒤로 물러날 뿐이었다. 나무가 등에 닿자, 일어났다. 뒷걸음질하다가 헛디뎌 넘어졌다. 나무며 바위에 이리저리 부딪히면서 경사로 아래로 굴렀다. 하지만 아프지 않았다.

정신을 차려보니, 나무 덱이 깔린 등산로였다. 최길중은 몸을 일으켜 그대로 산 아래로 내달렸다.

7

"바로 그때, 당신이 그 현장을 목격한 거지. 어머니를 죽이고 도망가는 아버지의 모습을."

"……"

"아버지가 어머니를 목 졸라 죽이는 광경을 보는 것만으로도 충격이었을 텐데, 엄마가 동의한 것 같은 모습에 더 혼란스러웠을 거야. 그래서 아마도 고시텔에 아버지가 찾아왔을 때 물어봤겠지. 엄마한테 왜 그러셨어요?"

채광이 최창기의 목소리를 흉내냈다.

"*몰라도 돼. 넌 아무것도 몰라도 돼. 엄마아빠가 다 알아서 할 테니까, 넌 때 되면 보험금만 챙겨.*"

그날, 고시텔 앞의 음습한 골목길에서 아버지가 달래자 최창기가 버럭 소리질렀다.

"뭘 몰라! 내가 뭘 모르는데!"

그리고 이 소리를 달려오던 형사들과 기준이 들었던 것이다.

"전후 맥락을 몰랐으니까. 처음에는 네 외침이 '나 몰래 무슨 일을 꾸미는 거야. 숨기지 말고 다 말해!'라고 다그치는 모양새로 해석되었어. 그래서 공범이었던 부자 사이가 틀어진 거라고 파악했었지. 하지만, 네가 의미했던 진짜 속뜻은 '나도 알 거 다 알아. 자꾸 아무것도 모르는 애 취급하지 마'였던 거야."

채광이 천천히 최창기의 앞으로 걸어가며 말했다.

"어쩌면 넌 솔직하게 말하고 싶었는데, 부모가 먼저 너무나도 큰 거짓말을 해버린 게 아닐까?"

"……"

"이를테면 부모의 과보호인 거지. 아들에게 보험금을 물려주기 위해 아빠가 엄마를 죽이고 자살까지 하는 희대의 거짓말을 해버렸는데, 거기서 자식인 네가 뭘 솔직하게 말할 수 있었을까. 장단에 맞춰줄 수밖에 없었던 당신 입장도 이해는 돼."

"……"

"가설이 맞으면 맞다고 얘기해달라니까."

"……가난이 뭐가 무서운 줄 아세요?"

"몰라, 난 가난해본 적이 없어서."

"모든 것이 빡빡하게 돌아가요. 단 하나라도 틀어지면 수습

은커녕 그대로 구렁텅이에 빠지죠. 만약 오늘 다쳐서 입원하게 되면, 내일 그리고 모레까지도 여파가 계속돼요. 저 정말 열심히 살았거든요. 뭐든지 최선을 다했는데…… 눈 떠보니 마흔도 안 되어서 고시텔에 처박혀만 있더라고요. 인간관계도 다 끊기고……"

최창기가 흐느끼기 시작했지만, 채광은 감정에 휘둘리지 않고 비장하게 말했다.

"네 아버지는 경찰서에서 청산가리를 먹고 자살하려고 마음먹었는데, 실패로 돌아가자 입고 있던 바지를 목에 둘러서 스스로 죽으려고 했어. 그마저도 실패로 돌아가자 봉안당 꼭대기에서 투신을 했어. 알아? 널 살리겠다고 두 번이나 자살 시도를 한 거라고."

"……"

어지럼증이 왔는지 최창기가 크게 비틀거렸다. 그의 낯빛이 한층 창백해졌다.

"법의학자 말로는 어머니 목에 난 끈자국이 생각보다 연했다더군. 마지막 순간에 네 아버지 마음이 약해졌겠지. 시한부라고 해도 본인 손으로 사랑하는 아내를 죽인다는 것은 끔찍한 고통일 테니까 매듭이 느슨했던 거야. 아마 네 어머니는 미세한 호흡을 몇십 초, 길게는 1분 정도 더 하며 살아 있었을 거야. 그때 응급처치를 했다면 살릴 수도 있었어."

"……"

"최창기, 넌 목격자가 아니라 사실은 살인의 방관자인 거지."

날카로운 진실이 그의 폐부를 찌르자 최창기가 대리석 바닥에 털썩 주저앉았다. 몸속의 피가 모두 빠져나간 듯 사색이 된 얼굴로 입술을 파르르 떨었다.

"명심해. 당신 부모는 산에서, 봉안당에서 돌아가신 게 아니야. 당신 통장에 17억. 그 돈이 꽂히는 순간 진짜 떠나신 거야. 평생 널 감싸주고 보호해주던 부모는 이제 돌아오지 않아."

채광은 한심하고도 딱한 듯 최창기를 바라보았다. 그 순간, 성심모텔병원 사무장의 모습이 겹쳐 보였다. 부모의 마지막 가는 길을 보살펴야 할 도리를 저버려 사체유기죄로 기소가 된 또다른 아들.

채광은 차가운 대리석 바닥에 나앉아 어린아이처럼 울고 있는 최창기를 두고 돌아섰다. 서러운 곡소리가 봉안당을 울렸다.

8

 하늘이 자신을 버린 거라고 믿었었다. 아니 차라리 버리기라도 하면 다행이지, 자신의 존재 자체를 잊고 있다고 생각했었다. 최창기가 손대는 모든 것은 그에게 문제가 되어 돌아왔다. 희한하게도 부모의 그늘 밑에서 자랄 때는 탈이 없었다. 그런데 독립해서 내린 모든 결정에서 실수를 저질렀다.

 그럭저럭 다니던 중소기업에서 동료가 같이 스타트업을 차리자고 꼬실 때 뿌리쳤어야 했다. 하지만, 주임에서 한순간에 공동대표가 되어 신분이 몇 단계 상승한 듯한 허상이 주는 만족감은 이루 말할 수 없었다.

 대표라는 직함이 주는 권위 뒤에는 그만한 책임이 따른다는 것을 뼈저리게 깨달은 건 동업자가 도망친 후였다. 최창기는 바지사장이자 사기당하기 좋은 호구였을 뿐이었다.

 겨우 그의 나이 스물아홉에 일어난 일이었다. 채권자들은 하루가 멀다 하고 그를 찾아왔고 직원들은 임금 체불로 고소를 해 허구한 날 법원에 불려다녔다.

 결국 손 벌릴 곳은 부모님뿐이었다. 아버지는 작게나마 사업체를 경영해본 사람이라 아들의 어려움을 이해해주었다. 오히려 사업에는 부침이 있을 수밖에 없다고 위로하며 자금을 빌려주기도 했다.

하지만 어머니는 창업한다고 했을 때부터 반대했기 때문에 도와주지 않으려 했다. 아들을 못마땅하게 여겼고 자신이 벌인 일은 스스로 해결하기를 바랐다.

결국 아버지에게 돈을 받았지만, 어머니와는 사이가 소원해졌다. 한때는 '딸 같은 아들'이라는 말을 들을 정도로 어머니와 사이가 좋았던지라 굉장히 씁쓸했다.

어머니가 완강히 반대했던 이유가, 사실은 아버지의 도금공장도 경영이 어려워 공장을 담보로 대출을 받아 아들의 스타트업에 자금을 투입해주었기 때문이라는 것은 한참 뒤에야 알게 되었다.

최창기는 마음이 조급해졌다. 손실을 만회하기 위해 원래는 식품업으로 등록했던 스타트업을 부동산 법인으로 변경했다. 마침 부동산 버블이 낄 시기라 너도나도 아파트와 상가에 투자하기 위해 뛰어들 때였다. 그 역시 부동산 강의를 듣고 여러 곳에 임장을 다니며 공격적으로 투자했다. 실제 몇 곳은 돌아서면 20퍼센트씩 시세가 오르기도 했다. 이렇게만 된다면 한 방에 그간의 손실을 만회할 수 있을 뿐 아니라, 앞으로 몇십 억대 자산가가 될 수 있다고 믿었다.

착각은 오래가지 않았다. 부동산 시장이 얼어붙어 상가 공실률이 올라갔고, 은행은 금리를 높여 대출자들을 쪼여왔다.

최창기는 또다른 곳으로 시선을 돌렸다. 누군가 주식시장이 좋다는 얘기에 귀가 팔랑거렸다. 하지만 자금이 없었다. 신용이 좋지 않아 2금융권에서도 대출을 승인해주지 않았다. 결국 또다시 아버지를 찾아갔다. 운을 떼기도 전에 어머니가 반대했다. 이제 막 제대로 돈을 벌어볼 수 있을 것 같았는데, 그 길을 가로막는 것처럼 느껴졌다. 순간 욱하는 바람에 해서는 안 될 말이 튀어나왔다.

"난 이게 뭐야! 다른 부모들은 유산이라도 잘 남겨주던데. 난 병신처럼 이게 뭐야? 빚밖에 더 있어? 자식새끼를 싸질렀으면 책임을 져야지!"

번쩍, 눈앞에 번개가 지나갔다. 어머니가 우악스러운 손으로 뺨을 갈겼다. 너 죽고 나 죽자는 말이 입에서 튀어나왔다. 최창기는 아이처럼 울면서 부모를 원망했다.

결국 사채업자를 찾아가 돈을 빌려서 주식을 사기 시작했다. 초심자의 행운인지 항상 시작은 좋았다. 주가가 올랐고, 더 많은 사채를 끌어와서 주식을 추가 매수했다.

눈을 옆으로 조금만 돌려보니 가상화폐가 떠오르고 있었다. 변동성이 큰 만큼 수익률이 더 좋았다. 있는 돈을 모두 긁어모아야 했다. 돈을 벌면 나 혼자 잘 살자고 하는 것이 아니라, 부모님께 효도하기 위한 마음도 있다고 믿었지만, 자기기만에 불과했다.

아버지에게는 사업자금이 필요하다고 거짓말했다. 아버지는 한참이나 담배를 뻐끔대더니 힘겹게 통장을 꺼냈다.

"창기야, 아무래도 이게 마지막일 것 같다."

아낌없이 주다가 밑동만 남은 동화 속의 나무처럼, 아버지가 씁쓸하게 말했다. 눈에 띄게 기력이 쇠해졌다는 기분이 들었다. 이상하게 말할 때마다 어딘가 불편한 건지 다리를 긁고, 주무르고, 툭툭 주먹으로 치기도 했다.

한동안은 구름 위에 떠 있는 것 같았다. 아직 삼십대 초반밖에 안 되었는데, 이 정도의 성공을 이뤘다면 남은 인생은 얼마나 잘 풀릴 것인지 기대가 되어서 잠을 설칠 지경이었다.

더 많은 빚으로 외제차를 사고 모임에서 술값도 내며 재력을 과시하자 학창시절 자신을 멍청하다고 놀려대던 친구들까지 우러러보는 것 같았다. 인생 역전의 서사를 설파하면서 으스대는 맛에 살았다.

하지만, 모래 위에 쌓은 성이 그렇듯 모든 것은 한순간에 무너졌다. 주식과 가상화폐가 폭락했고, 대출은 쌓여갔다. 사채업자들에게 다달이 주던 돈도 씨가 마르기 시작했다. 손가락을 자르겠다느니 드럼통에 넣어서 인천 앞바다에 수장시켜버리겠다느니 하는 말들을 들을 때마다 졸보인 최창기는 공포에 떨었다.

몇천만 원으로 시작되었던 빚은 몇억으로 늘어났다. 도저히 혼자 힘으로 갚을 수가 없었다. 부모님을 찾아갔다. 어느새 두 사람은 반지하방에 살고 있었다. 물론 자신 때문이라는 것을 알았지만, 최창기는 눈물로 호소했다. 하지만 아버지는 어머니의 말에 옴짝도 못했다. 어머니가 완강히 반대하며 그를 쫓아냈다.

최창기는 갈 데가 없었다. 시시때때로 찾아오는 사채업자들에게 두들겨맞는 것도 이골이 났고, 매일 배고픔에 허덕이는 것도 지겨웠다. 도망치는 것도 하루이틀이지 벌써 몇 년째였다. 제정신으로 버틸 수가 없었다.

그는 결국 스스로 목숨을 끊으려고 결심했다. 하늘은 자신을 버렸다. 아니 존재조차 잊은 듯했다. 그래서 그 뜻대로 세상에서 잊히기로 마음먹었다.

고시텔의 천장으로 지나가는 노출 가스배관에 노끈을 걸고 올무를 만들었다. 의자에 올라섰다. 앞에는 빈 벽뿐이었다. 하필이면 죽을 때 바라보는 마지막 풍경이 곰팡이 핀 더러운 벽지라니. 이보다 더한 블랙코미디가 없었다.

대체 무엇을 잘못해서 곰팡이보다 못한 처지에 이르게 되었을까. 최창기는 지나온 삶을 떠올려봤다. 답이 마땅히 떠오르지 않았다. 결국 모든 것은 본인이 한 선택의 결과였다. 이 모든 깨달음을 품은 채 과거로 돌아갈 수만 있다면 절대로 멍청한 선택을 하지 않을 텐데. 부질없는 회한이 밀려왔다.

올무 안으로 머리를 집어넣었다. 한 발을 의자 밖으로 뺐다. 두려웠다, 죽는다는 것이. 원망스러웠다, 세상이. 눈물이 쏟아졌다. 왜 이렇게 나약한지 스스로가 한탄스러웠다. 마지막 발을 떼려는 순간, 벌컥 방문이 열렸다.

그리고 엄마와 눈이 마주쳤다.

엄마는 당황한 듯하였으나, 티 내지 않고 무표정하게 최창기를 올려보기만 했다. 그는 느린 동작으로 올무에서 머리를 빼고 의자 밑으로 내려왔다. 차라리 후려치고 볶아쳤다면 반발심에 시도라도 해봤을 텐데.

잠시 불편한 정적이 흘렀다. 엄마가 종이가방에 든 밑반찬을 몇 개 꺼냈다.

또 정적이 흘렀다. 엄마도 충격에 젖어 무슨 말을 꺼내야 할지 모르는 것 같았다.

"꼭, 살아."

엄마는 그렇게만 말하고 방에서 나갔다.

최창기는 모래성처럼 와르르 무너지며 바닥에 주저앉았다.

9

최창기는 꼭 부모가 달려와서 달래주기를 바라는 어린애처럼, 엉엉 울었다.

채광이 했던 마지막 말이 비수가 되어 날아와 그의 속을 난도질했다. 최창기는 방관자가 맞았다.

그날, 그는 분명 엄마를 충분히 살릴 수 있었다. 현장에 갔을 때 엄마는 마지막 숨이 붙어 있었다. 스카프의 매듭이 목덜미 위로 묶여 있었지만, 아주 바짝 조여지지는 않았던 것이다.

"엄마…… 이런 데서 왜 이러고 있어."

끅끅, 엄마가 대답했다. 알아들을 수는 없었으나 눈빛을 보니 "네가 여기 왜 있어?"라고 묻는 듯했다.

"어, 엄마…… 어떡해…… 어떡해."

충격을 받은 최창기는 어린애처럼 무기력하게 울었다.

끅, 끅……

엄마가 뭐라고 말하듯 입술을 오물거렸다. 호흡이 점점 얕아져 알아들을 수 없었다.

최창기는 엄마를 구하기 위해 스카프를 잡았다. 실크 스카프를 풀면 엄마를 살릴 수 있었다. 그 순간,

끅.

엄마가 쇳소리를 내며 엄하게 노려봤다. 실핏줄이 터지고 흰 자위로 붉은 점들이 피어났다. 무서운 안광이었다. 최창기는 동작을 멈췄다. 엄마의 눈동자는 서서히 붉어지고 호흡은 미약해졌다. 그러는 와중에도 무슨 말을 하려는 것처럼 계속 고개를 들어 아들을 보려고 안간힘을 썼다.

"왜, 왜, 왜. 엄마……?"

"꼭……"

"꼭?"

"꼭…… 살아."

엄마의 고개가 털썩, 진흙 바닥으로 떨어졌다. 숨이 멎으며 정적이 흘렀다.

"엄마? 엄마?"

생명력을 잃은 엄마의 눈은 최창기를 빤히 바라보고 있었다. 항상 그랬던 것처럼 그를 엄하게 꾸짖는 것 같은 눈빛이었다.

꼭, 살아.

그것이 엄마의 마지막 유언이자 꾸짖음이었다. 어쩌면 최창기는 이런 결말을 예상했었는지도 모른다. 단 한 번도 돈을 빌려주지 않았던 엄마가 자신의 자살 시도를 목격했다는 것만으로 달라졌다고 하기엔 설명되지 않는 부분이 있었다. 보증인으로서 인감도장을 주며 노 대표에게 사채를 빌리게 해줬을 때도 엄마의 신변에 문제가 생겼다는 정도만 지레짐작했을 뿐이다.

결정적으로 엄마가 시한부이며 생명보험을 여러 개 가입하고 다닌다는 사실은 사채를 빌리고 얼마 지나지 않아 노 대표를 통해서 알게 되었다. 애살맞은 영감이 이죽거리며 '부모님이 돌아가시면 네 인생이 구제되겠다'는 망언을 내뱉을 때만 해도 발끈했었다. 하지만, 삶이 궁지로 내몰리자 노 대표가 했던 말이 계속 머릿속을 맴돌며 쓰레기 같은 생각이 들게 했다.

엄마의 사망보험금이면 해결될 수도 있겠다.

이런저런 복잡한 생각을 하느라 얼마나 시간이 흘렀는지 몰랐다. 새벽이었지만 등산객이 많은 산이라 곧 발각될 수도 있다는 걱정이 번쩍 들었다. 최창기는 빨리 다음 움직임을 결정해야 했다. 엄마가 원해서 죽음을 맞이한 것이 사실이라면, 자신도 그 미친 장단에 맞춰보기로 했다.

엎질러진 물이다. 다른 선택지가 없다. ……산 사람은 살아야 한다.

그는 엄마의 목에 느슨하게 묶인 실크 스카프를 풀었다. 더 자세한 건 아빠에게 물어볼 생각이었다.

　스카프를 주머니에 넣었다. 천천히 뒷걸음으로 물러났다. 엄마의 시신이 멀어졌다. 왈칵 눈물이 솟구쳤다.

　빌어먹을 학창시절에 따돌림만 안 당했더라면,

　빌어먹을 공부 머리가 조금만 더 있었더라면,

　빌어먹을 회사를 지금까지 그냥 다녔더라면,

　빌어먹을 사업만 안 했더라면,

　빌어먹을 사기만 안 당했더라면,

　빌어먹을 사채만 안 썼더라면,

　빌어먹을 애초에 금수저를 물고 태어났더라면,

　빌어먹을, 빌어먹을……

　최창기는 뒤돌아서 내리막을 내달렸다. 그렇게 엄마를 산에 버렸다.

　"엄마, 여름에도 항상 목이 춥다고 했잖아."

　최창기가 실크 스카프를 꺼내 들고서 강선자의 유골함 위로 둘렀다.

　"……목감기 걸리지 마."

그리고 그 위로 검은색 캐시미어 스카프를 덮어 가렸다.

최창기는 충혈된 눈으로 부모의 영정 사진을 번갈아 보았다. 느긋한 인상의 아버지와 강직한 표정의 어머니가 입을 모아 말하는 것 같았다.

넌 아무것도 모른 채, 꼭 살아가.

최창기는 봉안단의 유리문을 닫으며 꺼이꺼이 통곡했다. 그 울음이 흡사 짐승의 절규처럼 봉안당을 메웠다.

10

채광은 잠이 오지 않았다. 어스름한 거실에서 대도시의 야경을 풍경 삼아 앉아 있었다. 빈 유리잔을 뱅글뱅글 돌리며 위스키가 빼곡한 찬장과 식탁 위에 놓인 사직서를 번갈아 보았다. 내일 아침에 사직서를 낼 생각에 쉽게 잠이 오지 않았.

휴대전화를 들어 국제전화를 걸었다. 신호음이 한참이나 이어져 아무도 응답하지 않을 것이라고 생각한 그때, 누군가 수화기를 들었다.

— 여보세요.

"아들! 너무 오랜만에 목소리 들려주는 거 아냐?"

채광이 반색했다.

— 시험기간.

반면 아들의 대꾸는 무미건조했다.

"맞다, 맞아. 아빠가 깜빡했네. 하하. 요새 어때?"

— 학생이 학생이지.

"그렇구나."

— 아빠……

"응?"

— 나 대학교를 미국으로 갈까 생각하는데.

"그래? 그럼 아빠가 더 열심히 벌어야겠네."

— 어, 엄마 바꿔줄게요.

채광의 대답을 미처 듣기도 전에 수화기 너머로 달그락거리는 소리가 들렸다.

"아빠도 잘 있어. 물어봐주고 고맙네, 아들."

— 뭐라고?

아들 대신 그의 아내가 받았다.

"아무것도 아니야. 그나저나 당신은 요새 바쁜가봐."

— 애 케어하는 게 쉬운 게 아니야. 내가 먼저 말하려고 했는데 종환이가 말했지? 애 미국 엄청 가고 싶어해. 여기 컨설팅

도 받아봤는데 미국으로 가면 아이비리그도 가능할 것 같대.

"어떡하긴, 어떡하겠어……"

― 똑똑한 아이 키우면 그 나름의 이유로 힘들다더니. 그 말이 맞나봐. 애가 욕심이 대단해.

"당신 욕심이 대단한 건 아니고?"

채광은 본인도 모르게 날을 세웠다.

― 뭐? 당신, 설마 또 술 마셨어?

"좀 끔찍한 사건을 맡았어."

― 우리 전화로 일 얘기는 안 하기로 했잖아.

"왜 아무도 내 안부는 안 물어봐주냐."

― 술 먹고 주저리주저리 할 거면 자. 내일 일어나서 통화해.

"참, 차가워. 우리 최 여사."

― 술 깨면 전화해.

전화가 끊겼다. 채광은 허탈하게 웃으며 혼잣말했다.

"걸면 받긴 받을 거니."

채광은 주저하듯이 빈 술잔을 뱅글뱅글 돌리며 고민했다. 그때, 아들에게서 문자가 왔다.

전 아버지가 부자가 아니었어도 똑같이 존경했을 거예요. 안녕히 주무세요.

채광이 돋보기안경을 끼고 문자를 읽다가 신경질적으로 파안대소했다.

"내 새끼지만 못 당하겠다."

채광은 찬장에서 위스키를 꺼내서 술잔에 부었다. 그러고선 한 번에 다 마셨다. 그는 사직서를 들어 조각조각 찢은 뒤 잔 안에 던져 넣었다. 라이터로 불을 붙이자 뭉근하게 타올랐다.

그날 밤, 채광은 꿈을 꾸었다.

지하실에 버려져 있던 비누화된 노인의 시체가 채광의 얼굴로 바뀌는 꿈.

그 야산에 변사체로 누워 있는 사람이 강선자가 아니라, 채광이 되는 꿈.

시간이 흘러 아침이 밝아온다. 채광은 소파에서 코를 골며 자고 있다. 휴대전화 알람이 울리자 힘겨운 탄식을 내뱉으며 그가 깬다.

20년 넘게 같은 시간에 울리는 알람을 끄고 숙취에 전 육신을 힘겹게 일으켜 화장실로 들어간다.

양치하고 면도하고 샤워한 후 나온다.

채광은 익숙하게 정장을 입는다. 기준이 선물해주었던 힙플라스크에 위스키를 채우고 명품 서류가방에 넣는다.

그는 시원한 물 한 잔으로 아침을 때운다.

잘 다녀올게, 라고 빈집에 대고 말하고는 현관문을 닫는다.

크고 비싸고 고요한 집에 걸린 가족사진, 그 속에서 가족이 웃는다.

작가의 말

직업으로 글을 쓰고 있기에 다양한 서적을 공부하듯 읽습니다. 원치 않는데도 꾸역꾸역 읽어내며 소화해낸 적도 많았습니다. 그러는 중에서도 순수한 즐거움을 주며 제게 휴식처럼 다가오곤 하는 책들이 있는데, 바로 추리소설입니다. 독자가 명탐정이 되어, 한 번도 가보지 못한 피비린내 나는 현장을 누빈 끝에 무시무시한 범인을 잡아내고야 마는 긴장감 넘치는 이야기. 『중복 보상』을 쓸 때도 이 책이 많은 독자에게 그런 의미로 다가가길 바랐습니다. 현실을 벗어난 별세계로의 몰입, 그리고 휴식.

개인적으로는 평소 흥미진진하게 읽은 소설의 마지막 장에 작가 후기 같은 게 실려 있다면 보지 않습니다. 이미 그 소설 자체가 제게는 하나의 완결한 세계였기 때문에, 더이상 무엇도 궁금하지 않고 더 알 필요도 없다고 여기기 때문입니다. 그저 가슴에 남은 여운을 최대한 즐기면서 현실로 돌아갑니다. 비슷한 이유로 영화의 비하인드나 메이킹필름 등도 잘 찾아보지 않습니다.

조금 솔직해지자면, 보통 난해하거나 찝찝한 결말을 접한 뒤에만 '작가야, 그래서 하고 싶은 말이 뭐였는데?' 하는 생각을 품고, 작가의 항변을 어떻게든 들어보자는 심정으로 후기를 펼쳐보곤 합니다. 만약 이 부분을 읽고 있는 독자가 계신다면, 저와 비슷한 이유로 눈에 담고 있는 게 아니길 바랍니다.

장르적인 허구의 세계지만, 그 속에서 현실적인 고민에 부딪히는 인물들에 관한 소설을 쓰고 싶었습니다. 이 이야기에 등장하는 직업인은 모두 누군가의 부모이고 아들이며 딸입니다. 『중복 보상』의 전체적인 흐름엔 변사체가 하나 발견된 뒤 그 죽음의 인과를 파헤치는 과정이 담겨 있지만, 결국 제가 하고 싶었던 이야기는 '부모와 자식'이라는 관계에 대한 근본적인 질문이었습니다. 더 나아가 부모, 혹은 그 세대가 보여준 헌신에 대한 감사까지 우회적으로 표현하고 싶었습니다.

미움과 혐오가 도드라져 보이는 세상입니다만, 여전히 마음속에 따뜻함을 품고 있는 사람이 더 많다고 믿습니다. 돌이켜 보면, 수많은 추리소설 속에서 제가 사랑했던 명탐정도 비슷했습니다. 겉면은 이지적이고 냉철하지만, 내면에는 누구보다도 인간에 대한 깊은 사랑과 연민을 간직한 인물.

좋은 편집부를 만난 덕에 투박한 글이 읽을 만한 소설로 다시 태어났습니다. 추리소설을 전문으로 하는 출판사라는 선입견 때문인지 엄격하고 깐깐한 작업이 될 것이라 우려했으나, 편안한 과정이 되게 만들어주신 엘릭시르 편집부에 감사의 말을 전합니다. 마치 추리소설 속의 명탐정과 동행하는 것 같은 기분으로 즐겁게 작업했습니다.

마지막으로 일면식도 없는 작가의 작품에 흔쾌히 추천사를 써주신 유성호 교수님께 특별히 감사드립니다. 교수님께서 잡지 《미스테리아》에 기고하셨던 칼럼에서 아이디어를 얻어 발전시켜나간 소설이라 제겐 더욱 값진 의미가 있었습니다.

2025년, 겨울.

민려

추천사

유성호

서울대학교 의과대학 법의학교실 교수 / 『시체는 거짓말하지 않는다』 저자

죽음은 침묵하지만, 그 침묵을 해석하는 일은 언제나 살아 있는 인간의 몫이다.

민려 작가의 『중복 보상』은 법의학과 사회, 생명과 자본의 경계에서 그 해석의 윤리를 집요하게 묻는 작품이다. 보험금을 둘러싼 한 노인의 죽음은 단순한 사건이 아니라 '죽음을 계산하는 사회'의 초상으로 읽힌다. 부검의 기록과 조사관의 추리가 교차하는 서사 속에서 작가는 현시대 물질문명의 세태를 냉철하게, 그러나 조금은 가슴 아프게 포착한다. 법의학자로서, 나에게는 이 작품의 문장들 속에서 부검실의 냉기와 인간의 체온이 동시에 느껴졌다.

『중복 보상』은 차가운 기록 속에서도 끝내 사라지지 않는 '인간의 흔적'을 좇는다. 미스터리의 형식을 빌려 인간의 탐욕과 슬픔, 정의의 모호한 얼굴을 드러낸다. 과학의 언어로 죽음을 다루는 나에게, 이 소설은 문학이야말로 가장 인간적인 부검임을 일깨워주었다. 차가운 사건 속에서도 인간의 온도를 포착한, 묵직하고 정교한 작품이다. 그리고 무엇보다 진심으로 재미있었다.

중복 보상

초판 인쇄 2025년 12월 2일
초판 발행 2025년 12월 17일

지은이 민려

책임편집 박을진 | **편집** 한나래 김유진
디자인 이혜진
저작권 박지영 형소진 주은수 오서영 조경은
마케팅 정민호 서지화 한민아 이민경 왕지경 정유진 한경화 정경주 김혜원 김예진 이서진
브랜딩 함유지 박민재 이송이 박다솔 조다현 김하연 이준희
제작 강신은 김동욱 이순호 | **제작처** 천광인쇄사

펴낸곳 (주)문학동네 | **펴낸이** 김소영
출판등록 1993년 10월 22일 제2003-000045호

주소 10881 경기도 파주시 회동길 210
대표전화 031-955-8888 | **팩스** 031-955-8855 | **전자우편** elixir@munhak.com
인스타그램 @elixir_mystery | **X(트위터)** @elixir_mystery

ISBN 979-11-416-1344-0 (03810)

엘릭시르는 출판그룹 문학동네의 장르문학 브랜드입니다.
이 책의 판권은 지은이와 엘릭시르에 있습니다.
이 책 내용의 전부 또는 일부를 재사용하려면 반드시 양측의 서면 동의를 받아야 합니다.

잘못된 책은 구입하신 서점에서 교환해드립니다.
기타 교환 문의 031) 955-2661, 3580

www.munhak.com